懶散勇者物語 06

Brave Story

神與魔的起源

香草／著

懶散勇者物語 06

目錄

懶散勇者物語 CHARACTER

水靈

誕生於聖湖靈氣之中的精靈，似乎擁有自己的語言。是手掌般大小的少女形態。

夏思思

17歲長髮少女。被真神召喚至異世界的勇者。總喜歡穿著寬鬆衣服，讓人看不出她到底有沒有身材……個性有點懶散，也很怕麻煩，但卻聰明、思緒敏捷。

擁有強大精神力、能穿越任何結界。

卡斯帕/伊修卡

15歲，雙重身分（真神/祭司）。
化身為卡斯帕時，外貌絕美，身著精靈常穿的長衫。當身分為伊修卡祭司時，長相平凡，身穿祭司白袍。雖身分尊崇卻性格輕率跳脫，以旁觀勇者的旅途為樂。

埃德加

24歲，聖騎士團第七隊隊長。
難得一見的標準美男子。個性嚴謹，給人有點冷漠的感覺，卻有著外冷內熱、充滿正義感的一面，是名信仰虔誠的信徒。
魔武雙修，能力高強。

艾莉

實際年齡為25歲（雖然像15歲），隸屬埃德加麾下。很有鄰家小妹妹的感覺，但是其實非常喜歡惡作劇，又很毒舌，喜歡吐槽自家夥伴。然而，她過於年輕的外貌似乎隱藏著某個祕密……

奈伊

年齡不詳，是被教廷封印的高階魔族，但卻聲稱自己不食人肉！個性單純、不諳世事，被夏思思解除封印之後，便將她視為「最重要」與「絕對服從」的存在！

艾維斯

22歲，亡者森林裡的首領。
臉上常掛著若有似無的笑意，有著獨特又神祕的魅力。擁有一頭金紅及肩長髮、中性美的端正五官，性格卻聰慧狡詐。

楔子

夏思思一直以爲她與眞神卡斯帕的初次相遇，是在那間被她鵲巢鳩佔、傳聞鬧鬼的凶宅裡。少女甚至把那天自訂爲她人生中最最倒楣的一天，還曾暗暗猜測連「穿越」這種事情竟然也被她遇上了，這種比中樂透頭獎更難得的衰運，該不會正是傳聞中凶宅所帶來的詛咒吧？

其實早在這天的一年多前，卡斯帕已爲了挑選下一任勇者而降臨地球。期間少年化爲萬千種化身，乞丐、富豪、毒梟、軍人……以不同的年齡、樣貌、性別遊走於世界各地，遇上了許許多多的人，卻一直找不到理想人選。

無論是濟世爲懷的大善人、殘暴凶悍的梟雄、身懷絕技的武者、智商一八〇的天才……這些人全都出類拔萃，能夠肩負起勇者身分。可惜這些人再出色卻總是無法打動他，讓他生出把對方帶走的念頭。

到後來，就連卡斯帕自己也迷惘了，弄不清楚到底自己這次想選擇的是什麼樣的勇者。甚至已生出要離開地球、前往別的界域去挑選勇者的想法。

就在此時，卡斯帕來到了一座充斥著血腥與殺戮的罪惡之城。

這一次眞神化身爲一個六歲的小乞丐，遠遠避過幾個因吸毒而變得皮黃骨瘦的癮君子，蜷縮在骯髒的小巷裡，冷眼旁觀著這個冷酷殘忍的城市。

卡斯帕已經打定主意，第一個給自己這個小乞丐錢幣的人，卡斯帕便會把他帶走。既然怎樣選都不合理想，那乾脆靠運氣好了。

可是很快地，卡斯帕便覺得自己的想法實在太傻太天眞，在這個城市裡生活的人有誰是心慈手軟的？眞神大人初次下海行乞的結果，便是他一直呆坐至日落西山，用來行乞的紙杯仍是很悲壯地一分錢也沒有。

就在卡斯帕等得昏昏欲睡之際，一個清脆的嗓音從上方響起：「喂！你死掉了嗎？」

卡斯帕訝異地抬頭，落日殘留的昏黃陽光映照出與他這個小乞丐說話的人的模樣，竟是個看起來有點傻氣、人畜無害的少女。

其實他並未眞的看清對方的容貌，只因少女戴著一副大得怪異、幾乎遮掩住整張臉的黑框眼鏡，卡斯帕根本就看不出對方長得怎麼樣。如果硬要他來形容的話，就是這副笨重的眼鏡令眼前的女生顯出一副呆相吧？

「哪有人這樣子問的？我只是在打瞌睡而已。」

「既然沒死那就離開吧！你在這裡多待十年也不會有人理會你的。」少女邊吃著粗糙的麵包邊說道。

卡斯帕捧起用來行乞的紙杯，說了聲：「餓。」

他忽然有種預感，這個少女也許就是他要找的人。

可是對方並沒有往他的紙杯裡放下錢幣，就連手中剩下來的一半麵包也以飛快的速度呑進肚子裡。只見吃飽後的她拍了拍手，往男孩用來行乞的紙杯裡輕飄飄地丟下一張酒吧的名片。

只聽少女輕描淡寫地說道：「這酒吧有個當侍應的小鬼前幾天因爲偷竊被店長宰了，現在酒吧正急著招聘新人呢！」

「宰了!?」卡斯帕手一鬆，名片差點掉在地上。

「誰教他手腳不乾淨，這種人宰了也就宰了。只要你安分守己，自然不會有事……應該吧。」

「……還眞是不確定的語氣。」

「即使再危險，但也是你的機會。」蹲下身子，少女把自己降至與男孩相同的高度，深褐色的眸子彷彿能夠看進靈魂裡，筆直地迎上卡斯帕的視線，道：「你想要活下去，對吧？」

少女說罷，便不再理會地上的小乞丐轉身離去。對她來說，大家只是萍水相逢的陌路人，之所以停下來與男孩搭話也只是一時心有感觸而已。她並不認爲雙方在往後會有任何交集，也沒興趣理會男孩到底會不會到她介紹的地方就職。

看著少女的背影，卡斯帕高舉著拿在手裡的名片，臉上露出意味深長的笑容，道：「不是錢，也不是食物這種只能解決燃眉之急的東西，而是給予一條活下去的道路嗎？」

「我決定了！就選妳吧！」

ch.1
回到王城

在夏思思的領導下，勇者一行人不但雄糾糾地挖了紅袍法師的墓，還很乾脆地把人家儲蓄了不知多少年的暗黑力量盡量吸收，甚至就連那些染毒的黃金也全不放過，滿載而歸的眾人懷著心滿意足的心情返回商道，繼續往王城出發。

想當初蒼狼正是在這裡偷襲夏思思的，那時候這個人數眾多的強盜集團是多麼意氣風發。然而在湯馬仕的墓穴裡折損了大量成員後，現在蒼狼的整體戰力已經退至二流、甚至三流的水準了。

這個殘酷的事實讓首領阿佳心灰意冷，更是堅定了隨同夏思思前往王城當城衛軍的心思。

經過考慮後，以阿佳爲首，殘存下來的強盜中有三分之二的人願意前往王城。而夏思思也沒有食言，把黃金分配給不願意隨行的強盜們。要是他們眞的收手做點小生意的話自然能安享晚年，但若他們哪天重操舊業繼續爲非作歹，夏思思也不是沒有防備。

這些歡天喜地拿著黃金離開的強盜們，卻不知道少女早已命令小妖在他們身上留下了一絲魔力，這魔力潛伏著的時候並不會影響到他們的日常生活，可是歹念再加上殺戮氣息會令這股魔力暴走，讓宿主爆體而亡。

阿佳是巨人族中難得的聰明人，把自己的位置擺得很正，自從決意跟隨夏思思以後，便再也沒有以蒼狼團的首領自居，而是與阿默一樣奉這名人類少女作老大。

阿默本就打著隨同夏思思到王城發展的主意，現在知悉他的小美人會加入城衛軍，立即想也不想便提出自己也要加入，還暗地向夏思思表示要是能把他們單獨分在一組更好。

對於自己人，夏思思一向很維護，雖然少女沒有回以阿默明確的答覆，但已把對方的要求記在心裡。

此時羅洛特卻前來與夏思思道別了，男子聲稱既然冒險已經結束，那他就乾脆在這裡與眾人分道揚鑣。

道別時羅洛特給了夏思思一個小木盒，要求少女在回到王城後才可打開，說這是他送給夏思思的一份小小禮物，用來答謝她這幾天的照顧。

結果到最後夏思思還是搞不清楚，這個自稱流浪劍士的男人到底是什麼人，懷有什麼目的來接近他們？但直覺告訴她，這個人應該不是壞人……吧？

□

經過幾番折損後隨行的巨人人數雖然不算多，可是巨人族那龐大的身軀與天生的神勇，還是讓勇者一行人無論在視覺上還是實力上都升了一個檔次。

眞實身分爲眞神的見習祭司，以及勇者、魔族、巨人族，再加上康斯幾名身手不凡的傭兵，這個成員亂七八糟的團隊的防衛能力可說是銅牆鐵壁也不爲過。

在如此強悍、萬無一失的守護下，他們竟開始期待起強盜的襲擊。

康斯的想法最偉大。在男子想來，既然他們有這個實力，那麼途中順道消滅一些強盜，讓其他走商道的商隊人身安全多一分保障是最好的。

雷倫特與奧克德的想法則很實在，他們當初進入森林便是爲了歷練，遇上夏思思並受少女聘用只是機緣巧合。在僱主的人身安全得到保障的情況下，自然希望來點敵人給他們練練手了。

至於巨人們的想法卻很惡劣，他們因爲偷襲夏思思以致吃了那麼大的虧，現在都被搞得要解散了，偏偏罪魁禍首的人類少女卻是個不好惹的狠角色。憋著一肚子氣的他們便開始壞心眼地期待別的強盜來步他們的後塵，畢竟只有他們倒楣也太不公平了對吧？

可惜結果卻讓他們失望了，也許是他們這個團隊看起來實在太棘手的關係，直至到達王城爲止都沒有不長眼的強盜來招惹他們，一路上風平浪靜得很。

最最諷刺的是，一路上暢行無阻的勇者一行人，最終卻被看守城門的城衛軍阻擋住了。

雖然安普洛西亞王國沒有明文規定不許異族進入王城，可是一大群昂藏十呎的巨人實在讓人無法視若無睹。再加上巨人族出名的性格暴躁，任由這群來歷不明的巨人進城也不知道會鬧出什麼亂子。

「憑什麼他們可以進入，而我們卻要留在王城外？你這是什麼意思？」多次交涉後，城衛軍堅持只對人類放行，巨人族則無法進城後，阿佳爆發了。

聽到阿佳破口大罵，本來一臉冷然、充滿軍人應有剽悍氣息的城衛軍全數僵化，也不知道是被阿佳的氣勢嚇到，還是被阿佳的美少女嗓音給驚到了。

「阿佳。」夏思思越群而出。只見少女向阿佳擺了擺手以後，這個猶如暴怒猛虎般的巨人女子立即變成了乖巧聽話的貓咪，聽話地退了回去。

與勇者一行人對峙著的城衛軍頓時面面相覷，他們很清楚巨人族崇尚強者，即使用再多金錢也無法買得他們的尊重。難道他們全都看走了眼，這個外表人畜無害的美麗少女才是這個團體中最強大的傢伙？

夏思思走到仍在發呆的城衛軍面前，從空間戒指裡取出一枚小小徽章，道：

「這些巨人族是我們帶來的，我會保證他們在城內不會惹事。」

當初夏思思離開王城時，光是代表身分的徽章便詢問布萊恩取了一大堆，而且是什麼階級的都有。太高級的徽章怕引來不必要的麻煩，因此這次少女取出來的只是代表男爵身分的徽章，但已足夠讓這些城衛軍慎重看待了。

雖然很意外這名衣著樸素的少女竟是一名貴族，不過城衛軍是訓練有素的部隊，再加上王城經常有達官貴人出入，見慣世面的他們在瞬間失態後很快便恢復過來，恭敬地把徽章還回給夏思思並示意部下放行。

所有貴族都擁有收納私兵的權力，夏思思身旁的巨人並沒有超出私兵人數的上限。哪怕少女身邊跟著的是一群巨龍，城衛軍也沒有權力阻止對方入城。

成功進城後，芙麗曼迫不及待地小跑來到夏思思身旁，道：「思思，原來妳是名男爵嗎？」

在詢問的同時芙麗曼不免有點小失望，雖然像夏思思如此年輕的女貴族已算是非常稀有，可是與少女一起旅行，見識過她的神奇後，芙麗曼總覺得對方的身分應該沒有這麼簡單才對。

何況夏思思不是示意過她的身分比安朵娜特公主還要高嗎？難道當時她只是說著玩的，又或者是他們會錯意了？

「我不是男爵啊！剛才的徽章只是拿來唬人而已。」夏思思一臉無所謂地說出驚人的事實。

「思思小姐，妳實在太大膽了，冒充貴族可是殺頭的大罪！」一直注意著兩人對話的康斯立即嚇了一跳。

眾人擔憂的視線讓夏思思心中一暖，相處過後，少女很清楚康斯等人都不是大嘴巴的人，再加上大家就要分別了，於是她笑了笑，便要把自己真正的身分和盤托出：「其實我……」

「思思！」

夏思思才說了幾個字，接下來的話卻被遠處傳來的呼叫聲打斷。

只見一名黑髮黑瞳的俊美青年以令人吃驚的速度，一臉狂喜地朝夏思思飛奔而來；青年不理會目瞪口呆的眾人，隨即一把抱起同樣發愣著的夏思思便原地瘋狂轉了好幾個圈，這才意猶未盡地把凌空被甩得頭暈眼花的少女放回地面。

看到夏思思臉都黑了，康斯等人滿臉驚嚇地退後，後來覺得這距離好像還是不太保險，結果又再度往後退了十多步。

然而夏思思卻沒有如他們預期般使出什麼大殺招，把這個突然衝出來的青年轟得渣也不剩，回過神以後，少女只是略帶不爽地教訓了對方一句，道：「奈伊，下次不許把我抱起來轉！」

「對不起……」

獲得對方的道歉後，只見夏思思熟稔地與對方打招呼：「好久不見，這段時間有乖乖聽小埃的話嗎？」

眾人驚訝地面面相覷，認識少女有一段時間了，他們從未看過夏思思露出如此柔軟的神情，不由得猜測少女與這個名叫奈伊的俊美青年到底是什麼關係。

「……有姦情！」雷倫特的話一出，便被奧克德往他的後腦勺狠狠地打了一下。

奈伊很認真地對少女說道：「思思，我好想妳。」

聽到青年的「告白」，眾人的眼神立即變得更加曖昧。

就在此時，一直安靜待在夏思思口袋裡的小妖忽然顯露出妖獸的原形攻擊奈伊，然而實力比小妖高出不少的奈伊卻連雙腿也沒有後退半分，輕描淡寫地用魔力化出黑色的刀刃，幾招間反把小妖逼退下來。

雖然小妖並沒有轉生以前的記憶，可是當奈伊出現時，牠卻清晰地感到從靈魂的深處生起了一股恨意。即使小妖已經看出這人與夏思思的關係匪淺，但牠還是忍不住向對方出手了。

由於小妖轉生後的變化實在太大，因此奈伊一時間倒是認不出牠原本的身分。面對一頭妖獸突如其來的偷襲，再加上感受到小妖顯露出來的惡意，奈伊自然毫不留情地出手反擊了。

雙方交手後小妖吃了點小虧，然而這不只沒有讓這頭小妖獸退縮，反倒激起牠的凶性。雙方分開後重整態勢，便再度發動新一輪攻擊，凌厲的動作顯是要把對手置於死地！

「住手！」看到這一人一貓都是一副動眞格的模樣，失去水靈的加持，倉促間無法瞬發足以影響戰局強大魔法的夏思思，只能用言語來制止，期望他們能夠自動罷手。

聽到少女制止的聲音，奈伊攻擊的動作猛然一頓，魔力幻化而成的黑刃頓時消散無蹤。然而小妖金色的眸子卻在閃過一絲掙扎後堅定起來，包裹著紫黑魔炎的銳利爪子便要往奈伊的身上招呼過去！

雖然雙方的實力有著明顯的差距，可是小妖的火焰卻是吸收了湯馬仕儲存多年的闇系力量所衍生出來的升級版魔焰。只要牠的爪子能夠抓傷奈伊半分，那麼依附在上面的魔焰便能立即從傷口竄進血管裡，從內部直接破壞人體！

雙眼閃爍著嗜血光芒的小妖正要得手之際，夏思思的影子忽然膨脹起來並且變成一張實體化的黑網，這張像蜘蛛網般具有黏著功能的黑網瞬間便把小妖籠罩在其中！

小妖不停掙扎，然而本身沒有實體，加上同樣吸收了湯馬仕闇系魔力的黑影卻完全不理會小妖的攻擊，擺出一副「任憑你怎樣蹂躪我也不理你」的姿態。

「奈伊！你沒事嗎？」緊張地跑至奈伊面前，夏思思確定對方沒有受傷後便轉向化身成巨網的黑影道：「謝謝你。」笑著道謝了一句後，少女隨即凶神惡煞地把困在網內的小妖罵個狗血淋頭。

眾人看著夏思思在短時間內一連串的轉變，從關懷到感謝，然後是對小妖的責備，只覺有種哭笑不得的滑稽感，心想這孩子也變臉變得太快了吧！

然而在好笑之餘卻又生出一種窩心的感覺。也許是因爲這短短的幾句話正表明了夏思思最在乎的是同伴的安危，其次是感激與道謝，最後才是責備與怨懟的關係吧？

「說起來……這人剛才所使出的黑刃帶有種濃烈的闇系氣息。他該不會是個魔族吧？」芙麗曼看著奈伊，露出了警戒的神情。

雖說認識了夏思思以後，少女的身邊先跟著一頭聰明無比的妖獸小妖，後來更收服了黑影當護衛。可是人形的魔族卻與妖獸是完全不同的概念，能夠以人類形態示人的全部都是高階魔族，他們有著不亞於人類的智慧，而且力量的等級也高出好幾倍的層次。

因此一直有種說法，高階魔族是闇之神行走於人間的代言人。

在看到奈伊堂而皇之地當眾使出魔族能力時，他們全都驚呆了，在忌憚奈伊的同時，卻又不禁爲夏思思感到擔心。

沒有理會因打鬥所造成的騷動，奈伊默默地凝望了受困的小妖好一會兒，忽然展顏笑道：「原來如此，是你啊！你這樣子鬧下去的話我只好把你的來歷告訴思思了，雖然我覺得思思未必會在意……但你現在這樣會令思思感到困擾的。」

沒有上輩子記憶的小妖自然不明白奈伊這番話是什麼意思，可是牠卻直覺地認爲青年的話是對的，這個男人所說的「來歷」確實是一件會令夏思思介懷的事情。當初正因爲牠的冒失讓夏思思失去了水靈的守護，經一事長一智，雖然靈魂上抗拒奈伊的接近，但小妖最終還是選擇了忍耐。

見小妖不再張牙舞爪，奈伊滿意地點了點頭，道：「很好，那麼讓我們好好相處吧！」可惜青年的善意卻只換來小妖仇怨的狠瞪。

奈伊三言兩語便把小妖搞定了，黑影見狀便由大網變回男子的剪影，向奈伊微微頷首算是打過了招呼後，便回到夏思思的影子之中。

吃了小虧的小妖一溜煙地跑到夏思思的腳邊，伸出小爪子抓了抓少女的獵靴，並用著軟軟嫩嫩的幼貓叫聲「咪咪」地投訴著。

把賣萌的小妖抱起，夏思思伸出手指彈了彈牠的額頭，笑罵了聲：「活該！」

有點在意奈伊與小妖的對話，不過夏思思並不是刨根問柢的性格，想了想還是沒有詢問，免得到時候因爲眞相而介懷，反而自尋煩惱。

不過對於奈伊竟能如此輕而易舉地安撫發狠的小妖一事，夏思思還是對此感到很驚訝，總覺得與青年分別了沒多久，對方卻已改變了很多，處事愈來愈成熟圓滑了呢！

似乎在分開的這段日子，埃德加把人教育得不錯啊……

「奈伊，小埃他們呢？」

奈伊有點委屈地說道：「他們在教廷，我不方便進去。」說到這裡，青年強打精神地笑道：「不過沒關係，反正我很想念思思，每天都會待在這裡等待，那麼只要思思一進城，便能夠第一時間看到我了。」

雖然奈伊已經很努力地表達出他並不在意，可是夏思思還是感覺出對方的失落。任誰被別人拒絕的時候都會受到傷害，即使他是魔族也不例外！

誰說魔族沒有心？如果奈伊沒有心的話，那他這種感情到底是什麼？

夏思思從未爲自己釋放奈伊一事感到後悔，現在看見在人群中生活得與普通人沒有任何分別的奈伊，少女更覺得自己當初的決定實在是英明無比。

拉著奈伊走到康斯等人面前，夏思思悠然自得地爲雙方介紹起來，隨意的態度，就像她身邊的同伴不是高階魔族，只是個很普通很普通的朋友。

就在夏思思旁若無人地爲魔族提升友誼值之際，一隊由城衛軍與聖騎士，以及幾名祭司所組成的隊伍風風火火地出現在他們面前。

聖騎士團分爲十個分隊，每隊三百多人，也就是說整個大陸上聖騎士的總數只有三千多人而已。放在地球上，這個數量比熊貓更稀少，雖然他們已盡量分散開來遊走於各地，但在這個闇之神快將覺醒、魔物橫行的時代裡，這些珍貴的戰力還是顯得供不應求。

因此很多時候，對付魔族的重任便落在士兵身上，還好低階的妖獸並不難殺，再加上士兵們的刀劍全都請了教廷的祭司們加持了聖光，用來斬殺一般妖獸絕對不是問題。

然而當敵人是人形的高階魔族時，即使是軍隊中最爲優秀的西方軍也只能向教廷求援了。

也只有在王城這個王權的集中地，才會看到士兵加聖騎士加祭司這種奢侈的組合。

秉承夏思思低調的原則，埃德加等人並沒有把他們回來的消息發布開來，這些被打鬥聲音吸引而來的士兵自然不知道奈伊的身分。雖然奈伊的外表與人類沒有分別，可是當聖騎士把聖光加持到雙眼之中時，眼前的青年在人群中簡直就是隱藏在光芒之中的幽暗般一目瞭然。

看到奈伊竟是個擁有人類形態的高階魔族，眾人全都如臨大敵地抽出腰間長劍，氣氛頓時變得緊張起來。

「等一下。」就在一眾士兵與聖騎士要出手之際，一名被他們護在身後的祭司卻越群而出，阻止了正要上前攻擊的同伴。

「杜林！」看到這名年輕祭司的臉後奈伊雙目一亮，驅散了因士兵們的殺意而重新凝聚的黑刃，並且驚喜地喚出對方的名字。

聽到奈伊的呼喚，小聲向同伴們解釋著什麼的祭司杜林禮貌地向奈伊點了點頭，隨即便隨同還劍入鞘的同伴們轉身離開。雖然相較於奈伊的熱情，杜林表現得客氣而疏遠，可是神職人員面對魔族時能夠有這種平和的態度，卻已經很難能可貴了，這令夏思思不由得多看了他幾眼。

「奈伊，那個人是？」

「在前往王城時我曾在森林裡迷路，那時候遇上了杜林，還與他一起並肩作戰拯救了被妖獸圍攻的村民呢！他是個很受當地村民愛戴的好人，想不到會與他在王城遇上。」

雖然夏思思聽到奈伊的話時像沒事人一般，可旁聽著的康斯等人卻一陣愕然。

這位魔族先生，原來你還曾經走失過呀？

傭兵們忽然覺得其實魔族也是普通人，對高階魔族的印象更因爲奈伊而徹底被打碎刷新……

□

就在奈伊一板一眼地向少女報告著兩人分開以後的經歷時，夏思思忽然感到背脊發涼，生物趨吉避凶的本能讓少女轉身便跑。

然而夏思思才剛踏出第一步，一條不知從哪裡甩出的銀索捲住了少女的腰間，銀索的另一端神奇地自動纏繞在夏思思身旁的石柱上，頓時令夏思思動彈不得。

傭兵之中伊達的動作最快，幾乎在銀索出現的瞬間，青年便揮出匕首往銀索斬去，然而匕首不但斬不斷銀索，甚至連痕跡也沒有留下。

此時其他人也做出反應了，一眾傭兵紛紛拔出武器，氣氛再次變得緊張起來。

見伊達的匕首無法將銀索斬斷，康斯把揮向銀索的劍轉而斬向石柱，同時伊達也放棄攻擊銀索，轉而衝向銀索甩出的方向。芙麗曼開始吟唱咒文，雷倫特與奧克德則是握劍分別保護在夏思思與芙麗曼身前。

「別攻擊，是自己人！」認出銀索主人的身分，奈伊連忙阻止衝前殺敵的伊達。

同時不死心地試圖解開銀索的夏思思也驚叫道：「康斯別破壞公物！我會被小埃罵死的！」

冒險團的動作倏然而止，這一延誤，拋出銀索的人便走到了眾人面前。

望著來人，康斯等人訝異地瞪大雙眼。

聖騎士！竟然又是幾名聖騎士！

難道這個年代，聖騎士都成了路邊的大白菜般不值錢了嗎!?

ch.2
勇者大人?!

相較於先前那城衛軍加聖騎士加祭司的組合，這次現身的只有三名聖騎士。然而在康斯這幾名經常徘徊於生死邊緣的傭兵眼中，這三人所展現出來的氣勢卻比先前那數十人高出不止一籌！

爲首的人是名英俊的金髮騎士，三人之中要數他最爲殺氣騰騰，而且這名聖騎士的滿身寒意並不是衝向身爲魔族的奈伊，而是全衝著被銀索縛在石柱上的夏思思而來。

看到埃德加等人出現，自知逃不了的夏思思當機立斷地放棄了掙扎，一臉討好地向三人笑著打招呼：「嗨！埃德加、艾莉、凱文，好久不見了。」

自知理虧的夏思思此刻一臉乖巧，面對著埃德加的滿臉寒霜，她可不敢再「小埃、小埃」地亂叫。

艾莉笑嘻嘻地往夏思思的腰間輕輕一拍，銀索瞬間便收進了少女的衣袖裡，速度快得只能勉強看得見一道殘影，看起來簡直就像艾莉把銀索變消失了一樣。

重獲自由的夏思思並沒有嘗試逃跑，基本上少女並不認爲自己能成功，這樣做只會激怒埃德加而已，而且要面對的也終究要面對。

見夏思思只有一開始表現出些許慌亂，很快便恢復平常心，一臉自然地與眾人打著招呼。埃德加臉上雖然仍是一片生人勿近的冰冷，但其實聖騎士長正暗暗頭痛起來。對方的身分明擺在這兒，對於被教廷授以保護勇者任務的第七隊來說，夏思思就是他們的頂頭上司，光是這層身分已把埃德加壓得死死的了，想訓話也不知該從何處著手。

可是任由對方折騰卻又不是埃德加所願。現在夏思思已無法無天得留信出走，雖然最終少女安然無恙地回來了，可這種被史官知道後必定會記進史書裡的勇者出走事件，埃德加實在不想再多經歷一次了，一定要想辦法打壓她的氣焰一下才行！

站在夏思思面前，埃德加居高臨下地冷冷盯著她沒有說話，只見聖騎士長的臉色彷如三尺寒冰，光是站在這裡已令氣溫驟降，給人很大的壓力。

夏思思眨了眨眼，隨即從衣袋取出一顆糖果，一臉討好地往聖騎士長雙手送上。

埃德加想笑，但更想打人。

「你別生氣，我又沒有眞的跑掉，不是如約回到王城了嗎？我只是想呼吸一下自由的新鮮空氣，而且這段時間我……」

「妳就沒有什麼事情需要解釋的嗎？剛剛接到舉報有人看見一頭像貓的妖獸與一名人形的高階魔族在戰鬥，這到底是怎麼一回事？」

「我要求人權！都工作這麼久了，我應該擁有合理的有薪假期。」

「妖獸是指這頭小貓嗎？難道思思妳想把這頭妖獸帶進城堡？妳還記不記得自己的身分？」

「別欺負我是異界來的人便以爲我不懂，其實我辛勞了這麼久，放一下有薪假期也不算過分對不對？」

「什麼東西都往王城帶，妳就不能讓我們省省心嗎？」

「我也不算是不告而別，好歹我也有留封信的。」

這兩人明顯在雞同鴨講，而且還各有各的主題，搞得場面很混亂。

「說重點！」埃德加顯然也被夏思思的話繞得不耐煩了，冰冷的嗓音狠狠打斷了少女長篇大論的求饒。

被埃德加一堵，夏思思也豁了出去，道：「重點是我要求人權，要求合理待遇！反對國家無理壓榨人民勞動力！」

埃德加嘴角一抽，少女的厚臉皮實在讓他歎爲觀止。這段旅程她走得就像郊遊，現在還好意思理直氣壯地要求增加待遇？回想起國王與大祭司爲了讓夏思思勞動而答應的一大堆不平等條件，現在到底是誰在壓榨誰了？

就在埃德加氣得說不出話之際，夏思思帥氣地伸手一指，指尖正正指住正要落跑的某少年，道：「我可是獲得允許的，要罵的話請罵正主！」

「大祭司大人!?」卡斯帕所處的位置本來就偏後，加上他身型不高的關係，聖騎士起初還真沒有注意到他。結果夏思思一指，埃德加等人全都嚇倒了！

被勇者出賣來當擋箭牌的卡斯帕自知已引起了聖騎士的注意，也就乾脆放棄逃走，轉而狠狠瞪了夏思思一眼。

如果說對夏思思埃德加還會斥責幾句，那面對著能夠與眞神直接對話、傳遞神明旨意的伊修卡祭司，身爲忠誠信徒的埃德加完全生不出任何責備的心思。

卡斯帕滿臉哀怨憤慨地朝夏思思直瞪眼，雖然明知道埃德加拿他沒奈何，可是不單在裝扮成見習祭司時被部下抓個正著，更被夏思思誣賴爲教唆勇者出走的原凶，無論如何還是覺得很尷尬的耶！

在聖騎士被驚倒的同時，康斯等人也震驚了。不得不說卡斯帕的變裝還是挺成功的，雖然康斯他們早就認爲夏思思的身分不簡單，可身爲她朋友的卡斯帕，他們倒眞的從沒有懷疑過對方的身分。

本以爲魔族與聖騎士接二連三地出現已令他們變得麻木，即使再來什麼妖魔鬼怪也能夠冷靜應對了。然而他們想破頭也想不到，一直與他們同行的見習祭司小帕，其眞實身分竟然是大名鼎鼎的大祭司伊修卡！這讓傭兵們充滿驚喜的心再次被驚倒了！

這也不能夠怪康斯等人如此激動，畢竟眞神卡斯帕是所有人民的信仰，以夏思思的話來形容，眞神這傢伙簡直就是壟斷了整個宗教市場，唯一能夠聆聽眞神話語、傳遞神明旨意的大祭司自然有著崇高無比的地位。

可以說，人類與其他種族的關係之所以愈來愈惡劣，其中有一個很重要的原因便是因爲別的種族並不信奉眞神，這是人類一方所不能容忍的。

「很抱歉，隱瞞了大家那麼久。」看到在旅途中相處融洽的康斯等人態度變得如芙麗曼般向自己投以崇拜的目光，卡斯帕也隨之氣質一轉，露出了符合他身分、高貴而帶點飄渺的笑容。只是在笑容背後，少年一雙寶藍色的眸子卻隱隱浮現出寂寞的神色。

夏思思皺了皺眉，正要開口說話，可是卻有人比她快了一步。

只見奈伊走到伊修卡身前彎下了腰，位處青年陰影下的伊修卡抬頭卻看不清楚奈伊的表情。然而對方一雙溫潤的黑眸在一片幽暗下反倒顯得清晰，眼中所流露的關切更是真摯無比；他說：「怎麼了？你在難過什麼嗎？」

卡斯帕張了張嘴，卻呆呆地不知道該說什麼，胸口有種強烈的情緒醞釀著。他從不知道短短的一句話，竟能讓他如此不能自已。

敏銳地感受到伊修卡的情緒變化，奈伊有點慌亂地向夏思思求助，「怎麼了？思思，我說錯什麼話了嗎？」

夏思思也有點驚訝，雖說對情緒變化異常敏銳的奈伊能夠察覺到卡斯帕的感情並不出奇，可青年竟然能夠第一時間主動去關心同伴；若是以前，眼中只有夏思思的奈伊是鮮少有這種細膩的行動的。

「別在意，奈伊你做得很好。他只是在鬧彆扭而已。」安撫了一下奈伊，夏思思轉向一臉複雜的卡斯帕，道：「不喜歡的話你爲什麼還要笑呢？如果覺得寂寞的話，直接說出來不就好了嗎？」

心事被夏思思毫不留情地當眾說了出來，卡斯帕惱羞成怒地瞪了少女一眼；然而，一對上夏思思那直率的目光，不知爲何怒意卻很神奇地消散無蹤。

苦笑著嘆了口氣，卡斯帕道：「思思妳啊……還有奈伊，你們從來都是用這種平等的眼神來看我，一點也沒有應有的敬畏與崇拜。」

夏思思笑道：「可是你喜歡，不是嗎？」

莫名其妙於奈伊的反應，一直旁聽著他們對話的康斯等人終於反應過來。當時心情激盪的他們沒有察覺，可現在仔細回想，果眞在他們的態度轉變後，伊修卡祭司的神情便變得有點怪怪的。

也許有些人會因爲別人的敬仰奉承而沾沾自喜，可若身邊所有人都以這種敬畏卻疏遠的態度面對自己時，那不是太寂寞了嗎？

康斯等人並不是不知變通之輩，再加上先前與化名小帕的少年打鬧慣了，眾人很快便調整好心態，道：「抱歉，是我們太意外了。」

伊修卡愣了愣，隨即展顏一笑：「沒關係。」

突然，雷倫特驚叫道：「等等！芙麗曼不是正向小帕……呃……正向大祭司大人學習光明魔法嗎？那麼豈不是說……」

卡斯帕露一臉惡作劇的壞笑道：「你們終於想到了！沒錯，芙麗曼正是我所挑選的接班人。」

對康斯等人來說，進入王城至今可謂高潮迭起，可最令他們震驚的絕對要數這一刻了。畢竟人家都挖角挖到他們的傭兵團裡，這可是關乎他們的自身利益啊！

當中臉色最難看的人不是隊長康斯，而是伊達。對於芙麗曼這個愛財的魔法師，伊達由最初的鄙視到後來認同，然後逐漸對女子產生興趣，自然不希望芙麗曼到達一個他無法伸手觸及的地位。

至於康斯等人的臉色也好不到哪裡去。雖然他們只是一群由自由傭兵所組成的暫時團隊，可是眾人在多次合作下早已生出了同伴情誼。魔法師對團隊來說是不可或缺的存在，何況與別的人搭檔總要經過一段長時間的磨合才能正式投入戰鬥，自然不希望芙麗曼離開了。

看到傭兵們的神情，卡斯帕很快便猜測到眾人的想法，道：「放心吧！我不希望培養出來的弟子會是個不知民間疾苦的大小姐。要是她夠努力的話，我承諾至多一年，待芙麗曼掌握了光明魔法的基礎後，我保證還你們一個實力上升一個等級的同伴！」

「這……大祭司的親傳弟子以傭兵的身分外出冒險，這不會不妥嗎？」眾人面面相覷，對於對方的話半信半疑。

這時夏思思笑著牽上芙麗曼的臂膀，道：「你們就相信伊修卡吧！我的魔法也是向他學的，也算是他的弟子吧！你們看我不也一樣到處跑嗎？而且你看這兩人的年紀差距……也許芙麗曼死掉時伊修卡還在世呢！安啦！」

這個說法讓眾人全都一臉黑線，雖然夏思思的話基本上沒錯，但會有人這樣說自己的老師的嗎!?

有夏思思這個珠玉在前，少女的話無疑爲眾人打了支強心針。何況仔細一想，伊修卡這個老師不也是在到處亂走的嗎？

芙麗曼很認眞地向康斯等人允諾：「我很喜歡冒險的生活，之所以那麼努力存錢，也只是因爲小時候窮怕了，但這並不代表我喜歡像隻金絲雀般的大小姐生活！要是我的魔法獲得老師的許可之後，你們願意繼續與我搭檔嗎？」

「可以，只希望妳不會讓我們失望。」平常總是默不作聲的伊達忽然發言。

伊達鮮少主動與她搭話，因此男子發話時芙麗曼著實感到很意外。雖然對方的話聽似冷漠，但女子還是聽出了內裡蘊含的鼓勵與期盼，認眞地向伊達點了點頭。

獲得芙麗曼的允諾後，眾人全都如釋重負地露出了笑容；康斯隨即走到夏思思身前，道：「思思，我們的護送任務到此爲止，芙麗曼就請妳多加照顧了。」

夏思思財大氣粗地說道：「嗯，這次忙著安排阿默他們的事情我就不留你了，下次你們到王城接芙麗曼時記得找我，我請你們吃大餐！」用王室的錢……

眾傭兵笑了笑，隨即向芙麗曼簡單地道別了聲以後，便灑脫地轉身離開。對於經常遊走於世界各地、認識到各式各樣的人的他們來說，早已習慣了分離與道別。

□

待負責護送夏思思的傭兵走遠後，埃德加看了看一臉無辜的卡斯帕，再看了看衝著他討好地笑著的夏思思，接著視線在小妖身上停頓了三秒，然後把目光落在阿默與阿佳兩名巨人族身上……

嘆了口氣，埃德加完全不知道該從哪部分開始責備……不！應該說他實在不知道該說什麼才好了！

看到聖騎士長自暴自棄的神情，夏思思不禁有點良心不安，畢竟埃德加雖然有點嚴厲，但對她還是很不錯的。

爲免氣氛繼續尷尬下去，夏思思立即使勁把阿默與阿佳推出來轉移聖騎士長的注意力。果然，在聽到少女打算把大批巨人編進城衛軍後，埃德加立即因這個新穎大膽的想法而沉思起來，再也沒有追究的心思。

「這方法應該可行，順利的話既可以增強城衛軍的實力，也可以減少一些因生活問題而四處搶劫的強盜。布萊恩陛下是名開明的君主，我想他會願意一試的。只要有思思妳到軍隊說一聲，憑藉勇者的威望，應該能夠爲他們爭取到不錯的待遇。

只是王城太久沒有巨人族出現了，要讓居民接納他們也許會比較花時間。」

夏思思笑道：「要獲取別人的信任本就不是一朝一夕的事情。有我這個勇者替他們鋪路，要是他們還不能在王城站穩腳步也就太無能了。」

頓了頓，少女一臉不爽地詢問：「說起來，我什麼時候在軍隊有威望了？」

在旁的艾莉滿臉壞笑地說道：「思思，歡呼吧！妳訓練西方軍魔法師的事情，我可是拚足了勁地爲妳宣傳呢！現在思思妳在軍隊大大地出名了，所有軍團都虎視眈眈地期待著勇者大人落單，好把人綁架回去當教練啊！」

看到夏思思大受打擊的神情，凱文滿臉同情地解釋道：「我有幫忙勸止艾莉的，不過她對妳出走一事很不爽；另外隊長也覺得應該給妳一點教訓，所以便默許了她的行動……」

夏思思欲哭無淚地用手摀住額角，以對她的危害性來說，艾莉有時候實在遠遠超出了魔族不知道多少倍。

凱文同情地拍了拍夏思思的肩膀，安慰道：「思思，打起精神來吧！告訴妳一個好消息，居住在亡者森林那群倔強的小鬼總算願意搬遷出來了，我們正打算把他們收編進正規軍裡，正好可以趕得上與妳帶來的巨人族爲伴，互相照應。」

「咦！是艾維斯說服他們的嗎？」夏思思驚異地眨了眨眼。他們這些被遺棄在亡者森林的孩子，全都憎恨著外面的世界，雖然爲了生活他們偶爾也會把一些亡者森林中特有的水果特產拿出外界變賣，換取一些生活的必需品，但無論外界的生活再富裕，也無法讓他們生出遷居的心思——即使他們早已不是當初那群無法憑藉自己力量走到外界的小小孩童了。

其實夏思思也有點明白他們的心情。從小便被親人拋棄，看著弱小的同伴不敵森林的惡劣環境而死去，累積下來的仇恨讓他們把一切不幸都歸咎於外面的人，這算是遷怒的一種吧？

爲什麼我們要受這種苦？憑什麼其他孩子有父母疼愛，不用爲生存而苦苦掙扎？既然當初外界捨棄我們，那現在我們也不屑於乞求你們接受！

這種鑽牛角尖的心態就像滾動的雪球般越滾越大，最後把他們與外面的世界完全隔絕開來。

夏思思不是當事人，因此無法評論他們這種想法是否正確，少女只能尊重、體諒他們的選擇。

每年被遺棄在亡者森林的孩子不計其數，可最終卻沒有多少能夠活下來。那裡之所以沒有女孩子，並不是因爲沒有人把女生丟棄，而是那裡的環境惡劣得讓體格比男性遜色的女孩子無法存活！

因此當夏思思聽到他們願意遷出時，立即想到的便是那群傢伙終於思春了，要出來討老婆了嗎？

夏思思的眼神愈發地古怪，害被她盯著的凱文一臉不自在地道：「不關艾維斯的事，是因爲他們之中有人訂婚了，因此他們全都被刺激到了。」

「果然是因爲女人啊……等等！那麼突然？」

敢情在狄倫生死未卜之際，他的同伴還有心情出去泡女人嗎？

凱文假咳了聲，道：「咳！思思，女方妳也認識的。」

「咦！誰!?」夏思思把視線定在現場唯一身爲女性的艾莉身上，卻在女騎士笑咪咪地做出一個插眼的手勢後，無言地把視線移了開去……

好笑地看著兩名少女的互動，凱文提醒道：「是安朵娜特公主，先前伊修卡祭司不是曾經告訴過我們嗎？」

「咦!?他們已經正式訂婚了？先前不是說只是獲得陛下賜婚，連日期也未定，所以我才沒有想到是他……」夏思思震驚了，那個男人到底出手有多快呀？

凱文心有戚戚地點了點頭。

猜測獲得證實，夏思思更想知道其中的詳情了。據她觀察，那個名叫葛列格的男人是個有著一身傲骨、很驕傲的人，少女怎樣也想不到安朵娜特那種溫室的小花，到底是怎樣與葛列格這種粗獷危險的男人互相看上眼的。

「好玩。」少女很快便爲這對奇怪的組合下了定論，道：「他們現在也在城堡裡吧？那我們快點回去吧！我可是迫不及待要去祝福這對新人了。」

□

就在夏思思興沖沖來到城堡大門時，康斯等一眾傭兵也經由城門離開了王城。

「結果我們全都被思思耍了呢！我們試探她的身分那時，她還騙我們說她的地位與大祭司平起平坐，結果卻是大祭司的弟子啊！」

康斯輕笑道：「其實身分什麼的都無所謂吧！反正思思小姐就是思思小姐啊！不過我還是第一次看見帶著妖獸的祭司。」

雷倫特笑道：「其實她根本就不用向我們說謊，光是作爲大祭司弟子這一點就足以自豪了吧？幹！我知道了！她當時沒說謊，她說的是眞的……思思她是……」

這時康斯也反應過來了，只見青年反手拍了一下額頭，苦笑道：「在她說到自己是大祭司的弟子時，我們便應該想到了。不計芙麗曼，大祭司所收的弟子就只有一人而已。」

康斯說到這裡，伊達與奧克德同時驚呼：「勇者大人！」

康斯頷首道：「我先前也在奇怪思思小姐即使是大祭司的弟子，但擁有軍用地圖，以及珍貴的鍊金器具也太不尋常了，如果她的眞實身分是勇者的話便說得過去。」

「天啊！我竟然與勇者同行了那麼久！早知道就問她拿簽名了。」雷倫特懊惱地道。

奧克德苦笑，「又是綁架貴族又是飼養妖獸，還收強盜當小弟……誰會想到那麼任性的人會是勇者啊？」

想到與夏思思同行時所經歷的種種事情，康斯莞爾一笑，道：「可我卻覺得她滿適合的，不是嗎？」

三人聞言愣了愣，隨即雷倫特與奧克特也笑了。伊達雖然沒有說什麼，但素來冰冷的眸子卻變得溫暖而柔和。

「下次到王城接芙麗曼時，再問她拿簽名吧！」

ch.3
思思的過去

雖說在旅程中夏思思從來沒有虧待過自己，可是正所謂龍床不及狗窩，何況這個狗窩還是舒適又奢華的城堡裡的客房！

早已摸清楚夏思思性格的布萊恩陛下，很體貼地沒有爲勇者的歸來舉行高調的歡迎儀式，就連洗塵宴的食物也特意吩咐廚房準備了大量甜點。

由於這是特意爲歡迎勇者而舉辦的小宴會，因此布萊恩並沒有奉行正規的王室餐桌禮儀，氣氛也相對顯得自在。在座的全都是夏思思所熟識的人——布萊恩兄妹、伊修卡祭司、奈伊、艾維斯、葛列格、埃德加、艾莉與凱文。

看到滿桌甜點時，夏思思立即雙眼一亮便想撲過去，可是猶豫了一下後，少女還是先走到葛列格與安朵娜特面前，道：「聽說你們訂婚了，恭喜喔！」

安朵娜特一直看夏思思不爽，雖然埃德加的存在佔了大部分原因，但相處期間的新仇舊恨註定了兩人絕對成不了朋友。

一看到夏思思的臉，安朵娜特心底立即已生出強大的抗拒感，直至那熟悉的嗓音響起，公主終於醒悟過來，一臉震驚地指著脫下眼鏡的夏思思，道：「妳不是醜女!?妳什麼時候去整容了？」

眾人這才想到，國王陛下與公主殿下是第一次看到勇者大人脫下眼鏡的樣子。

夏思思不滿地皺起眉，「說人醜的人才是醜女啊！妳這個人緣差的女人！」

安朵娜特氣得臉都歪了，道：「說人人緣差的人才是人緣差！妳這個醜女！」

埃德加的額角浮起清晰可見的青筋，要不是在場的人還有國王陛下與大祭司，青年早就出面制止這場毫無營養的吵鬧了。

相較於安朵娜特在爭吵中所表現出來的厭惡與氣憤，夏思思倒有一半是覺得好玩。畢竟她的身邊實在缺少這種稍微挑釁便會給予極大反應，而且沒什麼實際危害性的人。

就在安朵娜特不顧場合大叫大嚷之際，一隻強而有力的手像安撫任性的小孩子般，毫不猶豫地按在公主殿下那高貴的頭顱上。只見大手的主人葛列格無視眾人詫異的目光，一臉淡定、自顧自地向夏思思頷首道：「謝謝妳的祝福，將來請務必來參加我們的婚禮。」

聽到青年的話，安朵娜特不滿地反對道：「我才不稀罕她出席。」

葛列格微微皺起了眉，道：「思思小姐是我的朋友，我邀約朋友出席也是因爲重視我們的婚禮，希望妳能給予基本的尊重。」

就在夏思思認為安朵娜特被青年當面教訓後必定忍不住發飆，卻想不到奇蹟發生了——

公主殿下竟然臉頰通紅、一臉羞澀地說道：「原來你是如此重視我們的婚禮嗎？」安朵娜特本就生有一副好模樣，此刻那含羞答答的樣子，更充分展露出女兒家的嬌美，與平常那咄咄逼人的樣貌有著天壤之別。

夏思思二話不說立即往布萊恩看去，果見國王陛下露出欣喜的笑容。

這讓少女若有所思地點了點頭，終於明白為什麼布萊恩會那麼爽快地承認兩人的關係了。

因為有葛列格在，至少可保障城堡免除河東獅吼的摧殘了嘛！

「對了，聽說亡者森林的大家打算遷居到王城中？」夏思思忽然想起凱文先前告訴她的情報，連忙向艾維斯這個首領確認。

艾維斯凝重地說道：「是的。在公主殿下的請求下，教廷曾經派遣祭司前往亡者森林察看，發現在眾多亡靈長年累月的陰霾下，森林早已成為一個會自主吸納黑暗元素的死地，已經不適合人類居住了。」

夏思思理解地頷首道：「所以在那裡死者化爲亡靈的機率才會高得不尋常，而且妖獸的數量也比外界爲多。惡劣的生活環境，加上人們又老是把病者、嬰孩這些根本無法自主生活的人往那裡丟，結果死者愈來愈多，亡靈也就變得多起來，於是更加吸引黑暗元素聚集……根本就是惡性循環嘛！」

聽到夏思思那麼快便想到當中的利害關係，艾維斯的雙眼閃過一絲讚賞，道：「闇元素會削弱人類的體質，以前不知道也罷，既然知道了就不能繼續在那裡居住下去。何況葛列格的提議也很打動人心，因此大家都決定搬遷出來了。」

「提議？」

迎上少女的視線，葛列格微微頷首道：「再這樣下去，亡者森林的範圍將會逐步擴展，陛下決定與教廷聯手淨化亡者森林。我們這些在森林土生土長的人如果不願意加入城衛軍的話，可以受雇成爲這次行動的引路人。」

夏思思想起上一次埃德加的爆發，當時的狀況看起來雖然驚天動地，但所淨化的地區其實連森林的百分之一都不到。教廷派出的祭司身具的光明之力，自然及不上整個聖騎士分隊之首的埃德加，而且他們也不會傻得像青年般釋放力量釋放得脫力暈倒。可以想像這個祭司團隊選擇的方法，是逐步分段淨化亡者森林，在淨化的過程中順道超渡亡靈、殺光妖獸……夏思思想著想著，完全覺得只有「麻煩」二字可以形容。

「這可是個大工程呢……你們加油吧！記得注意安全。」

感受到夏思思的關心，葛列格那沒被眼罩遮掩住的翠綠眸子閃過一絲溫暖的神色，道：「請放心，海倫娜小姐已答允幫忙。同樣身為亡靈的她能夠察覺到其他亡靈所處的位置，這對於我們的工作會有很大的幫助。」

再次想起女幽靈把埃德加與泰勒嚇得面無人色的情景，夏思思忍不住笑了道：「也好，把森林淨化掉以後，海倫娜也應該能夠安心離去了吧？」

見兩人的談話已告一段落，布萊恩舉了舉手裡的杯子笑道：「歡迎勇者與大祭司平安回歸，我們準備了簡單的菜餚為各位洗塵，請大家不要客氣。」

就在眾人都舉杯致意時，卡斯帕轉向夏思思笑道：「也祝思思妳生日快樂。」

所有人聞言愣了愣，就連當事人夏思思也是一臉狀況外的茫然。

卡斯帕眨了眨眼睛，這張平凡的臉龐總是有種獨特的魅力，讓人移不開視線，「難道我記錯了嗎？思思妳受到眞神召喚而來的那天，不正是妳的生日嗎？」

夏思思恍然大悟地雙手一拍，道：「原來這麼快一年便過去了！伊修卡你不說我還眞沒想到。」

「對吧？時間過得眞快，不知不覺便一年了……」

「等、請等一下！」凱文有點慌亂地打斷了兩人的感慨，道：「思思妳今天生日？而且我們相識那天也正好是妳的生日？」

「是啊！怎麼了？」少女奇怪地看著聽到她的回答後，神情變得古怪的眾人，不明白他們到底在激動什麼。

埃德加言簡意賅地詢問：「爲什麼不告訴我們？」

「又不是什麼大不了的事情，萬一你們把派對弄得太盛大也很麻煩。」看到埃德加愈來愈黑的臉，夏思思亡羊補牢地補上一句：「而且你們又沒有問。難道剛認識我便自來熟地告訴你『嘿！今天我生日耶！記得準備禮物』這樣嗎？」

艾莉抓了抓頭，道：「說白了妳就是怕麻煩吧？」

夏思思不敢接話，只好訕訕一笑。

布萊恩爾雅一笑，真誠溫和的嗓音瞬間化解了變得有點僵的氣氛，道：「既然如此，現在我們相識也有一年了，再替思思小姐妳舉辦一個簡單的生日派對，想必不會顯得太過唐突了吧？」

夏思思實在不想麻煩，不過看人家盛意拳拳的卻又不好拒絕。最重要的是，埃德加那冰冷的眼神都快把她凍得結冰了，奈伊也反常地變得很安靜地等待她的答覆，這讓夏思思感到有點不安。

最終少女弱弱地說道：「好吧……只要人不會太多的話……」

布萊恩欣喜笑道：「放心，就只有這裡在場的人參加。」

就在此時，夏思思清晰地看見坐在對面的卡斯帕，趁著眾人不注意之際，很隱密地用嘴形無聲說道：「活該，誰教妳之前出賣我。」

「噗」地一聲悶響，卻是夏思思用力把叉子往牛柳插下去的聲音。

敢情那傢伙還在記恨自己把他拉下水的事情！他剛才絕對是故意的！

似乎把銀盤上的肉想像成某人，接下來夏思思一直用著凶殘的動作，一臉怨念地把牛肉切得七零八落。

卡斯帕看著暗暗好笑，然而那美麗的笑容卻總像蒙上了陰影般，顯得非常勉強。

□

安普洛西亞王國慶祝生日的方法與地球非常相近，中國人會把生日的人統稱為「壽星」，這裡的人也有個特別的稱呼來形容生日的人，就是「天賜者」。

一樣有送禮物的習慣，卻沒有生日蛋糕以及吹蠟燭許願等習俗，取而代之的卻是生日的人會在衣領別上一支藍色的羽毛，這藍羽來自一種出身時通體漆黑醜陋，卻在成年後會長出藍色美麗羽毛展翅飛翔的飛鳥。這寓意著天賜者的成長，以及對來年美好的盼望。

即使是不相識的陌生人，在大街上碰上衣領別有藍色羽毛的天賜者時，也會毫不吝惜地送上祝福的話語，除此以外，購物時更能享受到不少優惠，甚至排隊等候時，還會經常遇到前方人的禮讓。

聽著艾莉興高采烈地介紹生日時所得的優惠，最終夏思思得出了一個結論——所謂的「天賜者」，說白了其實就是某個用老鼠作吉祥物的大型遊樂園的ＶＩＰ制度吧？

也許對很多人來說，當一年一度的「天賜者」是非常珍貴的經驗，即使當天沒有東西要買，也必定要上街去逛一逛，享受一下路人的祝福。可這個「天賜者」的制度對夏思思來說，吸引力並不高，因爲要說購物優惠的話，少女買東西的錢全都是由王室提供的，即使再便宜也沒有夏思思的事。至於排隊，只要夏思思願意，拋出勇者的名號哪個人不會禮讓，還須等到一年一次的生日嗎？另外，生日的祝福雖然不是天天有，可是她卻寧可窩在城堡裡休息一下。

俐落地拒絕了艾莉那一起逛街的邀約，對於夏思思的決定早就心裡有數的女騎士並沒有因而失望，轉而興致勃勃地拉著埃德加等人外出採購勇者大人的生日禮物。

□

吵鬧的艾莉與艾維斯不在，空閒下來的夏思思忽然感到異樣的安靜。仔細回想一下，似乎餐聚完畢後便不見了奈伊的身影。剛才眾人吵嚷著外出買禮物時，奈伊也沒有加入其中，似乎是一副悶悶不樂的模樣。

夏思思本想使出水霧魔法來尋找奈伊的位置，可是調動魔力後才驚覺水靈正沉睡著。沒有水靈的幫忙，憑夏思思那半生不熟的技巧可做不出水霧魔法這種細活。

少女很清楚自己有多少斤兩，也許她的魔力的確很強大沒錯，可是學習魔法的時間不長這點可是她的弱點。幸好夏思思聰明懂變通，永不會死死侷限在單一的想法裡。自身力量不足時，少女不會做徒勞無功的掙扎，而是轉而尋找另一條不同的道路。

「小妖，帶我去找奈伊。」

對奈伊充滿抗拒感的小妖聽到命令後，不情不願地「喵」了聲，隨即拍動翅膀在前面帶起路來。

在小妖的帶領下夏思思一直往上走，最後竟來到了城堡的頂端。看著小妖毫不猶豫地往窗外飛去，夏思思笑著向一臉驚訝的衛兵們揮了揮手，隨即便跨出窗子往上爬。

直至少女笨拙攀爬的身影消失，看勇者爬窗看得目瞪口呆的一眾衛兵，這才如夢初醒地圍在一起竊竊私語。

雖說這位尊貴的勇者大人行事古怪已經不是這一、兩天的事情，但這次她的舉動也未免太詭異了！

「勇、勇者大人怎麼了嗎？」

「會不會是修行的一種？在城堡的頂端吹著強風練劍之類的。」

「可剛才大人明明沒有帶佩劍！」

「難道大人打算在上面冥想，進行魔法修行嗎？」

「你們想太多了，也許大人只是單純想上去看風景而已。」這位異想天開的衛兵獲得同伴的集體鄙視。在城堡工作的衛兵誰不知道夏思思大人懶呀？城堡頂端的風景再好，勇者大人也絕不會願意花費力氣爬上去的。

「我也許知道是什麼事情……剛才測魔器有異狀，但據顯示城堡上空探測到的力量來自已登記的魔力，經核查後發現是那個經常跟在勇者大人身邊的魔族。由於對方身分特殊，因此我就沒有管他了……」其中一名衛兵吞吞吐吐地爆料。

「喔！你是指那個叫奈伊的魔族嗎？那個人的確不管也沒關係，看他那副呆樣也掀不起大風浪。」能夠無害得讓衛兵如此評價的魔族，奈伊也算得上是奇葩了。

幽會！

這兩個字同時在所有在場的衛兵腦中浮現。

「別管那麼多了。反正先前陛下已下令，勇者大人以及她的同伴能夠在城堡裡出入自如，我們還是多一事不如少一事吧！」

「對對，既然不涉及職責內的事情就不要深究了，都散了吧！」

嘴巴說著不要管，可衛兵們的嘴角卻全都掛著曖昧萬分的微笑，心想年輕真好啊……

□

完全不知道自己的舉動已引起衛兵的誤會，夏思思笨拙地爬上城堡的頂端。少女調動了少量風元素來穩固著身體，雖然看起來險象環生但其實並沒有危險，不過還是把在上面發呆的奈伊嚇了一跳。

伸手將夏思思拉至城堡頂端一個較爲平坦的位置，奈伊還是不放心地緊緊依傍在少女身旁，深怕對方出任何意外。

「奈伊，你爲什麼一個人待在這裡，不與大家一起出城堡逛逛？」

「沒什麼……」雖然嘴巴上這樣說，但奈伊的神色卻明顯心虛起來。

還眞是一個藏不住心事的人啊……

感慨著青年的單純，夏思思裝作生氣地正起了臉，道：「現在奈伊有事情都瞞著我了，眞令人難過！」

「……沒有。」

「眞的沒有嗎？喏，還學會撒謊了。」

被夏思思如此直白地指出心事，奈伊立即不知所措了起來，道：「思思妳不要生氣，我不是故意騙妳的。」

「那麼你到底是怎麼了？」

「我可不可以不說？」

奈伊小聲地要求，卻換來夏思思霸道的答覆：「不可以。」

「……」

「你不說的話我會難過，我本以為奈伊你什麼事情都會對我說的。」夏思思繼續窮追不捨。少女很清楚再樂天的人也會有苦惱的時候，奈伊的魔族身分令他難以找人傾訴。身為他的監護人，少女認為自己有責任好好開解對方。

「可是思思妳不也有很多事情沒有告訴我嗎？」出乎夏思思的預料，奈伊忽然莫名其妙地把不滿的話語脫口而出。

看到對方悶悶不樂的表情，少女遲疑著詢問：「你該不會在介意著我沒有把生日日期告訴你吧？」就因為那麼小的事情？

然而奈伊聞言變得更加哀怨的眼神，卻印證了少女的猜測。

夏思思頓時哭笑不得了起來，道：「那是因爲你沒有詢問啊！而且埃德加他們也一樣不知道。」

「可是伊修卡祭司知道。」這句話不論怎麼聽都充滿了酸味。

勇者大汗，實在很想質問仍在鬧情緒的魔族一句：你是小孩子嗎？

雖然很想取笑奈伊一番，但難得魔族表現得那麼人性化，夏思思並不會去打擊對方表現感情的積極性。

「好吧！你有什麼想知道的事一次詢問我好了！免得以後說我沒有告訴你。」

「眞的？」奈伊立即一掃先前陰暗的神情，笑容燦爛得閃花了夏思思的眼。

獲得夏思思的保證後，奈伊神情忸怩地小聲說道：「就是那個……我曾經聽到妳與伊修卡祭司的對話，說妳在原來的世界有一個很重要的人……可以說說那個人的事情嗎？」

「我有說過嗎？什麼時候？」

「呃……其實是有次妳與伊修卡祭司用祕銀通訊時我偶然聽到的。妳也知道魔族的聽力比較好……絕對不是故意偷聽的！」說到最後，青年忽然想起那一次是夏思思向大祭司詢問了一些魔法技巧的問題，然後兩人閒聊時被他無意聽到了內容。如此一來反倒是自己有了偷聽的嫌疑，立即慌張地澄清。

「嗯，我知道你不是有心偷聽。如果是故意的話，你便應該知道那個人早就已經不在了。」夏思思輕聲嘆了口氣，語氣難得有些失落。

雖然不懂人情世故，但身爲魔族的奈伊對情感的感應遠比任何人敏銳。察覺到少女心中的悲傷，奈伊慌忙說道：「如果思思不想說的話便算了。」雖然他眞的有點介意，但卻更在乎少女的感受。

「不用這麼小心翼翼的，反正已經是很久以前的事情了。」奈伊的關懷讓少女心中一暖，隨即開始回憶起在地球的生活。夏思思本以爲這麼久之前的事她應該早就淡忘了，然而此刻回想起來，才愕然發現記憶竟是如此清晰。

「在我居住的地方有間孤兒院，那是國家把收集而來的孤兒培養成特務的地方。成績好的孩子會被訓練成無血無淚、只爲任務而活的傀儡；成績不好的孩子則被『物盡其用』地作爲人體實驗材料。那裡是充滿血腥殺戮，非常殘忍的地方。」

雖然對少女話裡的某些詞語不太明白，但卻不妨礙奈伊了解大致的意思，他道：「思思是在那裡長大的孤兒？」

「嘿！孤兒院被燒燬後所有人都是這麼以爲，但大家都猜錯了。」笑了笑，夏思思深棕色的眸子裡充滿著追憶的神色，「我是被孤兒院裡的孩子撿到，然後藏起來偷偷養大的。當時他只比我大三歲，名符其實的孩子養孩子。」

「孤兒院的孩子沒有名字只有代號，因爲他與我一樣有著在那個國家比較罕見的黑髮黑瞳，所以我稱呼他爲『夜』。」看到奈伊驚訝地瞪大雙眼，夏思思笑道：「初相識時我對你那麼好，很大部分也是因爲你的髮色與瞳孔讓我想起了他……所以你不許嫉妒他喔！」

奈伊乖巧地點頭答允。要說先前他的確是有點嫉妒的，但聽到對方是少女的恩人後，這點小酸意立即煙消雲散。夏思思是他最重要的人，少女的恩人自然也是他要感激尊重的人。

見奈伊答應的表情很誠懇，夏思思滿意地點了點頭，續道：「也許對別人來說他是個冷血的殺手，可是對我來說卻是很重要的親人。是他教曉我如何在那個黑暗的城鎮裡生存，也是他帶領著其他孤兒做出反抗，一把火將孤兒院燒了。雖然最終他沒有活下來，可是他在我心目中卻永遠是個英雄，是個勇敢的人……比我更加配得上勇者這個稱號！」

「思思在我的心中，也是永遠的勇者。」

奈伊很認眞地說道：「就因爲有思思妳在，我才有勇氣在人類之中生活，是思思妳給我帶來勇氣的！」

夏思思聞言瞪大了雙眼，她一直認爲自己是個不稱職的勇者，想不到原來奈伊竟是這麼想的。

少女驚訝的神情讓奈伊露出了溫柔的笑意。

隨即青年霍地站了起來，俐落的動作彷彿他正身處平坦的地面，道：「我也該出去了。」

「去哪兒？」夏思思下意識地反問。

「去買禮物啊！」

奈伊的嘴角泛起柔和的笑意，向夏思思揮了揮手以後，便往下一躍而下，從少女的視線內消失。

維持著先前的姿勢，抱著膝蓋呆坐了好一會兒，直至小妖耐不住寂寞圍繞著少女賣萌撒嬌地喵喵直叫，夏思思這才拍了拍衣服站起來，展顏笑道：「我們也回去吧！」

ch.4
生日快樂

美美地睡了一覺，夏思思醒來的時候太陽已漸西沉。陽光為萬物染上一層淡淡的橘紅色，四周的景致也因而柔和了幾分。

夏思思懶洋洋地伸了個大大的懶腰，向睡在籃子裡的小妖輕聲說道：「我出去一下，你繼續睡吧！」

見小妖耳朵動了動，隨即便繼續呼呼大睡，夏思思笑了笑，穿戴好衣物後便離開了房間。

用著悠閒的步伐漫步在夕陽下的夏思思，閒庭信步般經過練馬場時，正好看到在練習騎術的安朵娜特，不禁駐足旁觀起來。

能夠被國王看中娶為王后的女子，即使不是絕色美人也必定醜不到哪裡去，數代下來，子孫自然繼承了良好的遺傳基因，生出來的孩子是俊男美女的機率便大大提升起來。何況貴族不用勞動，加上花費眾多金錢保養之下，容顏就更是年輕貌美上幾分。也難怪故事中的公主全都是美艷動人的大美女，這其實也是有幾分科學根據的。

這個「公主全都是大美人」的不變定律，用在安朵娜特身上也不例外，這位公主殿下容貌美艷，再加上略微緊身的騎師裝束，把她玲瓏有致的曲線勾勒得更爲惹火，配以少女身下那匹純白無瑕的安德莉亞之駒，實在是一幅令人賞心悅目的景象。

對身爲王室成員的安朵娜特來說，騎術是一門必修的課程。安朵娜特雖然是個嬌生慣養的公主，但在從小的訓練下，騎術還是很不錯的，不然當時也無法做出穿著禮服騎馬追截勇者這種創舉了。

只見白馬在安朵娜特的操控下輕鬆跨過一道又一道木柵欄，姿態優雅俐落，有著說不出的美感。從這種人馬之間的默契可以看出，安朵娜特對安德莉亞之駒是眞心喜愛的，夏思思見狀，欣慰地點了點頭。雖然安德莉亞之駒對她來說只是個大麻煩，但如果公主殿下待牠不好的話，夏思思必定會想盡辦法把牠奪回來，大不了到時候再替牠找個新主人就是。

同樣在練馬場的葛列格翻身下馬，不用他示意，自有照料馬匹的下人前來將馬牽走好好安置。

「聽說這匹安德莉亞之駒是安朵娜特與妳交換得來的，妳盯著牠看得那麼出神，現在是後悔了嗎？」葛列格這句話聽起來雖然有點刺耳，但男子其實並沒有任何諷刺的意思，只是把自己的想法直接說出來而已。

夏思思並不是個小雞肚腸的人，並不介意葛列格的直白。相反地，少女其實比較喜歡與這種直來直往的人相處，至少不用多費腦筋去猜測對方話裡的眞意。「安德莉亞之駒是匹好馬，可是卻不適合我。」

葛列格點了點頭，道：「確實，妳的那匹黑馬比較適合上戰場。」

少女訝異反問：「能看得出來嗎？」

男子笑道：「不是所有馬匹都能夠立即上戰場的。安朵娜特太寵她的馬了，圈養在城堡會令牠的性子變得愈益溫馴，嬌貴的生活也讓牠失去了應有的野性，白白浪費了一匹良駒。」

夏思思笑道：「可對於公主殿下來說，這種溫馴的馬兒剛剛好，我想人與坐騎之間也需要緣分吧？對我來說，安德莉亞之駒太招搖了，這種坐騎我實在是敬謝不敏。」

「醜女妳是嫉妒才故意貶低我的馬吧？我的安德莉亞之駒是最完美的馬匹，我寵牠又有什麼問題了？」安朵娜特囂張不滿的聲音傳來，本來看到夏思思與葛列格言談甚歡的樣子已令女子酸意氾濫，怎料下馬走近一點便聽到兩人把她的愛駒貶得一文不值，便立即怒氣沖沖地衝前質問。

「既然妳聽到我們剛才的對話又何必多此一問？我說用這種方法養馬，妳的馬根本無法上戰場。」

「那又怎樣？本公主又不用上戰場，牠作爲我的坐騎不能上戰場又怎樣了？」

「牠吃慣昂貴的牧草，到了野外會受不了粗糙的野草的。」

「誰會讓牠去吃野草啊？野草很髒的耶！」

「顏色純白的馬匹染上泥濘後會很扎眼。」

「那就天天洗澡嘛！」安朵娜特說得一臉理直氣壯。

與公主殿下一來一往地辯論著的夏思思忽然停了下來，並向對方展顏一笑，道：「話是妳說的，那妳以後可要好好待牠啊！」心想：白馬啊白馬！替你找到如此極品的主人也算對得起你了。至少這種養尊處優的生活可是你舊主人我一直夢寐以求的生活啊！

基本上，夏思思覺得安朵娜特已經不是在飼養坐騎，而是在供奉著祖宗了。

夏思思沒有理會被她突然轉變的態度弄得措手不及的安朵娜特，少女向葛列格揚了揚手後便逕自離開。待公主殿下察覺時，夏思思已經走遠了。

安朵娜特牙癢癢地瞪著夏思思的背影，雖然這次的爭論看起來是她贏了，然而夏思思最後那句話卻總給她一種掉進陷阱的不爽感。再加上夏思思離開時看葛列格的眼神，不知爲何令安朵娜特感到一陣毛骨悚然……

果然，女人的直覺是很準確的。不出數秒，公主殿下的預感便應驗了。只見一旁的葛列格正起了臉，開始很嚴肅地教訓起未婚妻來，道：「安朵娜特，妳這種培育坐騎的方法實在是太暴殄天物了。要知道雖然妳不用上戰場，但不怕一萬只怕萬一，一匹優秀的坐騎應該……」

面對冗長的說教，在一起旅途的日子裡屢次吃虧，早就被葛列格訓練得沒有脾氣的安朵娜特公主一臉溫順地低頭受教的情境，著實讓在場的下人跌了一地的眼珠子。

表面乖巧的公主殿下，實質卻在心裡狠狠罵道：醜女，我恨妳！

□

順道戲弄了一番安朵娜特後，夏思思沒有多作停留很乾脆地離開了。畢竟這個女人從初次見面起，便被夏思思與「麻煩」二字畫上了等號。麻煩永遠是麻煩，即使是長得最美的女人在她看來也只是漂亮的麻煩而已。偶爾逗逗她還可，夏思思可不希望被這個麻煩女人糾纏。

看了看逐漸變得昏暗的天色，少女加快了前進的步伐，雖然離派對舉行還有一段時間，但有些事情夏思思卻想先去弄清楚。

對於生日派對什麼的少女並不太在意，但這個派對畢竟是大家的心意，身爲主角的她遲到的話實在說不過去。

幸好王宮佔地雖廣，但一些距離太遠的區域還是設有傳送陣的。作爲懶人的夏思思曾興起把傳送陣推廣至全國的念頭，可惜這種遠距離的空間魔法所消耗的魔力實在太多，加上設計深奧複雜，刻畫的魔法陣只要稍有偏差，傳送的地點便會偏離十萬八千里。因此爲了自己的小命著想，最後夏思思還是打消了這個念頭，腳踏實地使用正常途徑來展開旅途。

很幸運地，少女此行的目的地正是魔法陣的其中一個傳送點——中央圖書館。夏思思踏入魔法陣以後輸入魔法，瞬間一座宏偉大氣的圖書館便聳立在少女面前。

在城堡學習時，夏思思沒少往這座全國最大、藏書最爲豐富的圖書館裡跑，對這裡自然不會陌生。只見少女對位處最下層、數量驚人的藏書不屑一顧，毫不猶豫地越過一個又一個的書架，走到了圖書館的正中位置。

這個無論是面積還是宏偉程度，都比得上一座小型宮殿的圖書館樓高六層，每一層的正中位置空出了一個廣闊的空間，讓身處下層的人只要抬頭往上望，便能夠直接看見頂層的魔法天幕。

夏思思取出一枚徽章別在胸口並輕聲吟唱著一段簡單的咒文，隨即少女腳下那雕刻著美麗圖騰的大理石板便倏地凌空而起，乘載著她平穩地往上方升去。

由此可看出圖書館這種內部正中中空的設計，並不是單純只爲了美觀而已，而是有著實際用途的。層數愈是往上，便代表著所收藏的書籍愈是珍貴，要進入時所需要的權限也就越高。第一層向所有平民開放，然後往上的層數對進入者的要求便開始逐步嚴苛起來……有權限進入第六層的人，在整個國家裡絕對不出十人！

傳言頂層收藏著最珍貴的古籍、歷史悠久的孤本、威力強大的魔法祕笈……中央圖書館被結界保護著，任何人在裡面都無法調動魔法元素，再加上圖書館根本就連樓梯也沒有，因此到達上層的唯一方法，便是使用這個名爲「浮動平台」的魔法裝置。

這種能夠懸浮升起的石板共有五十塊，全都聚集在圖書館的中央部分。這些魔法裝置有著嚴密的身分辨認以及魔法保護，讓位處其上的人在石板上升時不會感到絲毫顛簸，四周還很貼心地使用風元素形成一個無形的防護欄，畢竟能夠獲得權限使用這個裝置的人非富即貴，其中還有不少是位高權重的魔法師或學者，要是有任何閃失必定會引發軒然大波。

夏思思站在穩定上升的石板上，一臉悠閒地與同樣利用石板起落的權貴微笑點頭。隨即，不顧其他人的驚愕，乘載著夏思思的石板便越過了其他人，停在五樓的位置。

位處四樓的權貴全都敬仰又疑惑地看著到達五樓的夏思思，若說四樓是權貴的集中地，那麼五樓幾乎是德高望重的學者，以及魔法師才有資格進入的地方。可是看夏思思那張過於年輕的臉，怎樣看也不像在某方面學識擁有權威的人啊！

雖然感到很驚訝，但他們誰也不認爲少女的目的地是六樓，畢竟六樓的藏書有不少內容涉及國家機密，甚至還有記錄禁咒的危險書籍，對他們這些僅有尊貴血統的貴族來說是個只能仰望的存在。

「浮動平台」這個魔法裝置可謂完美無缺，但圖書館的設計者還是做了萬全的保險。石板只能上升至第五層，而在第五層則設立了一個通往上層的傳送陣，魔法陣前還有兩名鍊金術所製成的鋼鐵劍士擔任守衛。

與第一層人來人往的熱鬧情景不同，第五層只有數名埋首書籍中白髮蒼蒼的學者。夏思思左右看了看，確定沒有人注意到她以後，便取出象徵勇者身分的徽章。兩名鋼鐵劍士見狀，向少女行了一禮後，便讓出了通道，動作靈活得彷如眞人。

經由魔法陣傳送至六樓，整層只有夏思思一人，四周安靜得連呼吸聲都清晰可聞。少女先看了看藏書的排列指示，便走到歷史書的一欄細細查閱。

看著一本本比磚頭更厚的藏書，夏思思還未翻閱便已感到一陣頭昏腦脹了。果斷地取出鑲嵌在書架裡的記憶球，夏思思靜下心來把心神全投放進記憶球裡，以驚人的速度搜尋著封印在裡面的資料。

這些記憶球是為了萬一藏書被毀後，也能夠把裡面的資料保全下來的一種保險。別看夏思思查閱得輕鬆自在，其實大多前來搜尋資料的人寧可乖乖地看書，也不會隨便使用這些記憶球來作查閱之用。

只因使用記憶球的要求太高了。首先調動裡面的資料時必須先把腦子放空，也就是進入冥想狀態。所以使用記憶球的先決條件是對方必須要是名魔法師！

光是這個要求已篩選了大部分人，畢竟珍貴的魔法師只佔人群中的少數。但這還不是最嚴苛的，最令人卻步的一點是記憶球內存的資料過於龐大，除非搜尋者擁有強大的靈魂力量，不然翻查的速度只會比龜爬更慢，甚至因資料量太大而被衝擊成白痴也不是不可能。

像夏思思這種靈魂強大得足以在還沒學會任何魔法技巧以前，便能單憑意念對元素精靈做出禁制的怪胎可說是絕無僅有，因此這些記憶球與其說是用來代替藏書，倒不如說只是一個用來保險的記錄比較恰當。

自從穿越以後，夏思思便充分感受到靈魂強大的好處，也曾詢問過卡斯帕原因，結果得出的答案也很簡單——因爲她是一個穿越者！

雖然外表看起來沒有什麼分別，然而夏思思的靈魂與這裡的原住民有著本質上的差異。因此少女輕而易舉便能獲得元素精靈的喜愛，更擁有著驚人的魔法天賦，也難怪卡斯帕總是不辭勞苦地往異世界抓人當勇者了。

此刻夏思思就像一台精密電腦，以驚人的速度搜查著記憶球裡的資料。如果有人能夠查看少女的大腦，便會驚訝地發現少女正以「眞神」、「羅奈爾得」、「神魔戰爭」等敏感字眼爲搜尋的重點，從而猜測到勇者想要尋找的答案並不簡單！

以強大的靈魂作後盾，短短半小時，夏思思便把所有相關資料查看了一遍。當少女的意識從記憶球裡退出後，臉上的神色已變得凝重無比。

從來到這個世界開始，夏思思覺得有一種強烈的違和感。愈是熟知這個世界的事情，少女便愈是對這個世界的「眞理」產生疑問。

現在查閱過這個相關資訊以後，這種想法便益發強烈了。

也許所謂的「神魔戰爭」，所謂的「眞神」與「闇之神」，其實是一個延續了漫長歲月的龐大騙局也說不定！

□

當夏思思經由傳送陣返回城堡時天色已經全黑。剛從魔法陣現身，少女便立即被守候良久的侍女們強行拖走。

「勇者大人請往這邊走，我們是奉陛下之命來替大人您好好打扮一番的。」

看到侍女們雀躍不已的笑容時，夏思思立即眼眉一跳，也來不及細想到底是左凶右吉還是左吉右凶時，便被人一左一右地架起雙臂凌空拖走。只能發出意義不明的悲鳴：「是左吉右凶！好靈驗啊~~~」

到底是誰說這場生日派對只是朋友間舉行的小小慶祝會？怎麼連禮服都要換上了？可惡!!

夏思思覺得所謂的生日派對，根本就只是要讓她活受罪的整人活動。

畢竟派對還未開始，她已經化身成芭比娃娃來娛樂大眾了。看一眾侍女不知從哪找來一箱又一箱的禮服，然後她便像衣架子般受人擺布，衣服穿上去又脫下來形成一個可怕的循環，耳邊還要忍受著「好美！好可愛」、「換這件試試看」等雜音。

此刻夏思思只覺得慶生就像場酷刑。如果說「天賜者」在生日那天接受著眞神的祝福，那麼對夏思思來說，這一天正是卡斯帕用來惡搞勇者的日子！

終於在試換過無數禮服、夏思思快要忍不住暴走之際，眾侍女總算取得共識，爲少女精挑細選了一件紫色的禮服。

相較於夏思思在愛得萊卡城的清雅衣著，這次的禮服款式略微華麗。彷如絲綢的料子在燈光下變幻著深淺不同的紫色，配以縫綴在禮服上、能發出淡淡光暈的魔法水晶，襯托出少女艷麗的一面，令人不禁眼前一亮。

換上禮服並不代表夏思思能夠就此解脫，接下來還有髮型以及飾物搭配等等的考驗。當少女終於從房間解放出來時，眞的有種重生的喜悅感，並暗暗下定決心，明年的生日一定不會選擇在城堡中度過！

那些替她換裝的侍女們不愧接受過王室的嚴格訓練，所有細節都要精益求精，眞是太可怕了！

□

布萊恩國王信守承諾，並沒有把生日派對的事情大肆宣揚，這讓夏思思爲這位個性溫和的君主增添了不少印象分數。畢竟王室爲勇者舉辦生日派對是一件很風光，並且能夠帶來不少附帶利益的事情。布萊恩放棄了這個誘惑，夏思思還是很承他的情。

相較於布萊恩，他的妹妹安朵娜特公主就太不懂得人情世故了。只見打扮得花枝招展的公主殿下那充滿著挑釁的目光，怎樣看也存著與夏思思這個主角爭妍鬥麗的意思。

可惜公主殿下這個如意算盤卻是打不響了。要是別的女孩子在自個兒的生日派對上被人故意壓下風頭的話也許會很不爽，可惜夏思思卻正好相反。本來少女就不是愛張揚的性子，對她來說，低調才是王道。現在安朵娜特穿得一身珠光寶氣地出場，反倒讓不習慣一身華麗裝束的夏思思鬆了一口氣。

與打扮得像隻孔雀的安朵娜特相比，她的男伴葛列格的衣著風格卻正好與她相反。雖然素來不注重打扮的葛列格為了配合場合需要，還是換上了一套正裝，可是暗色系的禮服卻顯得樸素無華。簡單的剪裁襯托出男子的一身英氣，沒有一絲贅肉的完美身材更顯得他相貌堂堂。

埃德加等人也換上了一身禮服，雖然參與派對的人不多，但全都是有著一定水準的俊男美女，就連長相較為普通的艾莉在穿上禮服後，也把少女甜美的一面發揮得淋漓盡致，實在讓一眾在旁侍候的侍女看得心曠神怡，滿眼都是閃亮的小星星。

當夏思思把注意力從珠光寶氣的安朵娜特身上移開、轉移至場內的時候，整個人都呆掉了。只因少女看見了不應該出現在這裡的東西——一個足有三層高的巨型生日蛋糕！

要知道在這個異世界中，根本就沒有吃生日蛋糕的習俗的！

卡斯帕笑著上前道：「驚喜嗎？這是我特意為妳準備的生日禮物喔！」

雖然對夏思思來說，地球上並沒有什麼讓她留戀的東西，可是當少女看到這個熟悉的生日蛋糕時，心情還是不由得愉悅起來。她自己也說不清楚是因爲看見原世界的事物而激動，還是因爲卡斯帕的心意而感動不已。

少年祭司早已向眾人講解過一遍地球上舉行生日派對的程序，只見大廳的燈光忽然變得昏暗，隨即艾莉笑嘻嘻地手一揮，微弱的火元素便把蛋糕上的十八支蠟燭全數燃點起來。

艾維斯向夏思思遞上一把漂亮的銀刀，道：「接著便是吹蠟燭許願，然後切蛋糕對吧？思思，生日快樂。」

當夏思思完成了所有程序後，眾人全都歡笑著拍手並暗暗吁了口氣，地球上的儀式對他們來說很陌生，倉促上陣的他們眞擔心過程會出現差錯，令派對變得不完滿。

身爲「天賜者」的夏思思象徵性地在蛋糕切了一下後，便由侍女們接手把蛋糕切開。埃德加等人第一次吃這種名叫「生日蛋糕」的節日食物，細味品嚐下發現它不只外觀漂亮，味道更是一絕。奶油的香滑與海綿蛋糕的軟綿形成絕妙的搭配，讓一眾初嚐蛋糕滋味的異界人立即喜歡上這種甜美且富有節日意義的美食。

「這麼大的蛋糕我們可吃不完，把最底下那層留下來就可以了，其他的部分妳們把它分了來吃吧！」夏思思轉向一旁的侍女說道。她喜歡甜食，但更討厭浪費。獨樂樂不如眾樂樂，夏思思從來都不是個自私的人。

吃過蛋糕以後，便來到派對的重頭戲——送禮物了！

布萊恩國王贈送的是條鑲嵌了一顆巨大粉鑽的名貴項鍊，巨鑽無論在顏色還是重量，都足以媲美在地球上享譽盛名的那顆十二克拉粉鑽「粉紅火星」。看安朵娜特這個眼界高於一切的公主殿下在看到項鍊時，也不由得露出羨慕的神色，便可知道這條項鍊絕對是價值不菲的珍品。

安朵娜特與葛列格這對未婚夫婦聯名送上的禮物，是一件華麗的晚禮服，從禮服的奢華程度不難看出負責選購的人到底是誰，這也讓夏思思決定把這份禮物連同國王陛下所送的項鍊，一起永久安放在衣櫃裡當收藏品就好。

埃德加所送的是把輕巧結實、很適合初學者用來學習劍術的短劍，從中可看出騎士長還未放棄督促勇者學劍術的想法。

艾莉與凱文無奈地交換了視線，心裡嘀咕著隊長大人竟然在這種日子也不忘正事，該說他盡忠職守好呢？還是不解風情比較好？

看著這份完全符合埃德加性格送出來的禮物，夏思思嘴角一抽，立即將其列入與項鍊禮服同等地位——收藏品三號！

相較於前面幾位的禮物，凱文與艾莉所送的便合夏思思心意得多了。凱文送了一包名店出品，聽說要排很久才能買得到的甜點；艾莉則送上一堆用來惡作劇的小玩意。

輪到奈伊時，夏思思這才驚覺她根本就從未給過奈伊零用錢！

這也不怪夏思思小氣，主要是奈伊實在沒有多大的購物慾，日常生活要用到的東西大家都替他準備好了。需要購物的時候奈伊都是用多少便詢問夏思思他們拿多少的，畢竟奈伊在人情世故方面實在太嫩了點，他們不放心讓青年來管錢啊！

結果便導致了奈伊生活至今，卻連一個銅幣的私房錢也沒有……

作爲飼主……不！作爲同伴，夏思思不得不承認自己失職了。

看奈伊把禮物藏在背後一臉羞赧的神情，夏思思只覺得心驚膽戰，深怕下一秒青年會語出驚人地說道：思思，我剛剛去打劫金庫了。

就在少女胡思亂想之際，一頂散發著淡淡幽香，以色彩斑斕的鮮花編織而成的花冠，已被奈伊穩穩放在少女頭上。

「這是？」夏思思驚訝地睜大雙眸，伸手輕輕扶正有點歪斜的花冠。

「送給思思的禮物啊！」奈伊露出燦爛的笑容，道：「我曾看過侍女們在編花冠，覺得非常漂亮，也很適合思思妳，所以我便請侍女們教我編織花冠作禮物了。思思，妳喜歡嗎？」

少女不禁微笑，奈伊送出的禮物如同他的人一般簡單直接，卻把最純粹的心意傳遞了出去。

看到夏思思笑了，奈伊的笑容立即燦爛了幾分，隨即便眼巴巴地露出了若有所求的神情。

少女愣了愣，在奈伊那彷彿犬隻在期待著主人給骨頭的目光中猶豫了片刻，便恍然大悟地以誇張的語氣誇獎道：「我眞是太喜歡了！謝謝你呢，奈伊。了不起！

了不起！」

奈伊獲得讚賞後露出的心滿意足的表情，讓旁觀眾人發出善意的笑聲，看著一張張露出笑意的臉龐，夏思思的腦海裡不禁浮現起那名在她父母雙亡後收養她、照顧她，即使受了傷也趕著回來與她慶祝生日的人。

夜，我現在身邊有著好多好多的同伴了呢！

ch.5
不為人知的真相

參加派對的人全都是熟悉的伙伴，再加上在場的兩名上位者伊修卡與布萊恩都不是嚴肅之人，因此大家全都玩得很盡興。要不是身爲主角的夏思思吵著要睡覺，眾人甚至還有通宵慶祝的打算。

卡斯帕今天被夏思思抓住拚酒，一張平凡青澀的臉龐因酒氣而微微泛紅。雖然他性情隨和，可大祭司的身分明擺著，這還是少年第一次有人不顧他的身分抓住他來拚酒，感覺既無奈，卻又覺得非常新奇有趣。

回到房間以後，卡斯帕利用神力輕而易舉地把一身酒氣驅散掉，有點迷糊的腦袋立即恢復了清明。回想那個總是不按牌理出牌的勇者，竟以向老師敬酒爲名，實則向他灌酒時那志得意滿的表情，卡斯帕不禁搖首苦笑起來，心想挑選夏思思爲勇者以後，自己果然再也不會無聊了。

如果是她的話，也許……

很快地，一陣敲門聲打斷了少年的思緒。

「進來吧！」有點好奇是誰這麼晚來到房間找他，結果當看到敲門的人正是自己剛剛想著的勇者大人時，卡斯帕反倒不吃驚了。

夏思思挑了挑眉，「你這理所當然的表情是怎麼回事？難道你又偷看了？」

「那是因為我覺得如果是思思妳的話，做出什麼事情都不足為奇，何況妳先前還特意灌醉我……另外，誰會那麼無聊為了這種小事而使用神力啊!?」

「喔？那先前到底是誰用神力偷看我們的旅程來自娛了？」

被夏思思小小反擊了下的卡斯帕假咳了聲，隨即有點心虛地轉移話題，道：「妳剛剛不是才吵著要睡覺嗎？這麼晚還不睡，過來找我是有什麼事情嗎？」

聽卡斯帕說到正事，夏思思立即笑嘻嘻地攤開掌心，道：「找你討禮物啊！」

「我不是給了嗎？那個大蛋糕啊！」

夏思思一臉認真地點了點頭，道：「伊修卡的禮物我確實收到了，可是卡斯帕還沒送禮物給我。」

「……我很好奇妳的臉皮到底有多厚？」

聞言，少女立即耍賴地道：「我不理，我就是沒收到卡斯帕的禮物！再說你可是真神耶！身為神明想要什麼東西變出來就好啦！」

「哪有妳說的那麼容易，神又不是萬能的……」抱怨的話語脫口而出後，卡斯帕這才發現夏思思看似懶洋洋的眼神一閃而過地露出銳利的神色，立即驚覺道：「妳在試探我!?」

「不，我是在討禮物。例如……眞相？」

提出要「眞相」作禮物這種莫名其妙的要求，如果是其他同伴聽到夏思思的話，也許會以爲少女是在開玩笑而一笑置之，可是卡斯帕卻露出了心虛的表情，「我不知道妳在說什麼。」

夏思思打量了對方恢復清明的雙眼好一會兒，隨即失望地嘆息，道：「什麼嘛……你還沒醉嗎？」

卡斯帕頓時哭笑不得，「妳剛剛果然是故意想灌醉我然後套話的呀……」

夏思思理直氣壯地點頭，一點兒也沒有因爲詭計被揭發而不好意思，「當然！醉鬼比較好套話。」

夏思思如此坦白反倒讓人生氣不起來，看著這個自己一手挑選、教導出來的優秀勇者，卡斯帕忽然有種想把事情向她和盤托出的衝動。隨即少年立即被自己的想法嚇了一跳，他明明早就決定把眞相永遠埋藏在內心深處，絕不讓別人知曉，可爲什麼面對著夏思思的時候，他會有種想要向少女傾訴一番的衝動？

也許、也許他是眞的有點醉了……

「思思，跟我說說妳的看法，爲什麼妳會覺得我有事情隱瞞著妳？」

聽到卡斯帕的語氣有所鬆動，夏思思雙眼一亮。

少女也知道自己接下來所說的話很關鍵，因此她並沒有急著表態，而是想了想之後，說起了自己所出身的原世界的事情。

「卡斯帕你應該聽說過吧？在地球上，人們崇拜很多不同的神明。『神』在我的認知裡，是無所不能卻又虛無飄渺的東西，雖然我覺得這比較像騙小孩的玩意啦！但如果眞的有神存在，那麼祂應該是高高在上、與人類完全不同的存在才對。可是卡斯帕，你覺得自己有哪部分像神明？除了力量強大了點、壽命長了點以外，你與我們到底有什麼不同？無論我怎麼看，與其說你是個創造人類的神祇，倒不如說是個力量特別強大的人類比較貼切。」

想了想，夏思思續道：「有了懷疑，我便開始尋找神明的資料，可即使我擁有最高級別的查閱權限，所找到的文獻也只是千篇一律地記載著眞神如何偉大，祂怎樣創造人類，並帶領人類打敗邪惡的魔族……這些資料全都一面倒得就像是有人特意把內容篩選過，在我看來簡直就像可疑宗教的洗腦宣傳啊！」

卡斯帕笑了笑，然而少年的笑容很苦澀，與其說這是笑容，倒不如說他只是習慣性地勾了勾嘴角而已。「這是個教訓啊……挑選勇者時，實在不應該選擇一個太聰明的無神論者。」

夏思思深感認同地點了點頭，道：「就是嘛！相較於人類是被神明創造出來的說法，我還是比較相信人是由猿猴進化而成的。」

少女的發言讓卡斯帕無言了好一會兒，隨即眞神嘆了口氣，說道：「其實……雖然與現在人們所認知的並不相同，但在這個世界上，被稱爲『神明』的種族是眞的存在過的。」

說到這裡，卡斯帕忽然把話打住，對著雙眼發亮地等待著眞神爆料的夏思思說道：「這件事情事關重大，洩露出去的話甚至會動搖安普洛西亞王國的秩序與根基。思思，妳能夠答應我不會把我接下來要說的話告訴任何人嗎？」

面對少年的請求，夏思思很爽快地一口答應下來。她問這些事情也只是爲了滿足自己的好奇心而已，根本從來沒有想過要把事情告訴其他人。卡斯帕的人品她還是信得過的，而且他對人類的貢獻有目共睹，夏思思深信少年絕不會做出任何危害人類的事情。

卡斯帕嘆了口氣，道：「好吧！既然如此我就告訴妳好了，不然也不知道會被妳煩擾至何年何月。」

夏思思聞言，有點不好意思地「嘿嘿」一笑。

回憶著往事的卡斯帕思緒逐漸抽離，從來不刻意回想過往的少年彷彿回到了他還未被人稱為「眞神」的時候，那已經是很久很久以前的事情了。一直以來，卡斯帕都潛意識地把這段記憶刻意遺忘，現在回想起來，竟有種恍如隔世的感覺。

良久，陷入回憶裡的卡斯帕這才緩緩開口，把那個被封鎖埋藏的故事娓娓道來。

□

卡斯帕出生之時，人類之間劃分爲眾多不同的國家，大陸正處於戰亂頻繁的狀態，國家與國家之間戰亂不斷，那是個彷如人間煉獄般的亂世。

他是奴隸所生的孩子。在那個人命不比一頭豬值錢的時代，奴隸是世襲的，也就是說奴隸所生的孩子仍是奴隸，世世代代都受人奴役。

當時卡斯帕所在的國家對奴隸的態度非常苛刻殘忍，所有奴隸每到十五歲便會派到各地強制勞動，也許是到礦場當苦力，也許是前往戰場作炮灰……如果五年後僥倖不死，國家會把男女奴隸配成一對讓他們誕下子女，待孩子長大後補充爲新的勞動力。

卡斯帕並沒有父親的記憶，只從母親口中得知，他的父親在第二次回家短暫停留後便被派往礦場做苦力，然後就再也沒有回來了。

由於戰亂頻繁讓青壯的奴隸無論是需求還是死亡率都大幅上升，國家急需年輕的奴隸來塡補這些空缺，育有孩子的女奴隸往往可獲派一些較爲輕鬆的工作。即使如此，奴隸所生孩子的存活率仍是少得可憐。

卡斯帕的母親是個大美人，可惜臉上一道猙獰的疤痕完全破壞了美感，再加上艱苦的生活把一個美人硬生生摧殘成皮黃骨瘦的病婦。雖然如此，在孩子的眼中，母親永遠是最美的，何況卡斯帕的母親也的確待他很好，即使自己再餓，只要有一口吃的也會先想到孩子。

繼承了母親美貌的卡斯帕從小就擁有脫俗的容貌，雖然皮膚與頭髮因營養不良而顯得枯黃，但一雙水汪汪的眸子卻勾魂奪魄。

卡斯帕的母親總是把泥巴抹在兒子的臉上，還叮囑孩子與人說話時別直視對方的眸子。年紀尚幼的他當時並不知道母親是在保護他，也不明白身分低賤的他擁有異於常人的美貌到底有多危險。只是出於孩子對母親的信任便照辦，一直安安穩穩地活至五歲。

在卡斯帕五歲那年，病弱的母親去世了，變成孤兒的他被士兵帶往集中營。集中營聚集了大量失去父母的小奴隸，卡斯帕在裡面度過了人生中最黑暗的時期。看守孩子的士兵根本就不把他們當人看待，不要說照顧孩子了，責罵與鞭打更是家常便飯。很多孩子根本捱不過這麼惡劣的環境，每天都有小孩死去，那是一個如同煉獄般的地方。

小小的卡斯帕就是在那裡邂逅了兩個影響他一生的人！

集中營裡，有兩個孩子特別顯眼。其中一個是一名有著棕紅髮色的十歲男孩，這孩子非常聰明，也非常機伶。與卡斯帕這種數代爲奴，就連當年祖先到底犯了什麼罪也弄不清楚的舊奴不同，這個名叫喬納森的男孩是個新奴。他出身於非常顯赫的鍊金世家，因爲家族謀反，結果老一輩的人都被殺了，只有小孩子留下一命被充爲奴隸。

很多人都有仇富的心理，本來像喬納森這種落魄的小少爺，會是士兵們重點「照顧」的對象，然而這個定律落在喬納森身上卻完全相反。只因這孩子不只繼承了祖傳的鍊金技術，本身也非常聰明，小小年紀已是個交際能手。他憑藉士兵搜集過來的材料鍊成了不少鍊金製品，雖然這些全都是最粗糙的成品，但這可是有錢也買不到的鍊金製品啊！同樣爲士兵們帶來了巨大的利潤。

結果喬納森在士兵的眼中頓時變成了一隻會下金蛋的母雞，直把他當祖宗般供著養著。

至於另一個備受注目的孩子，他的處境卻與喬納森完全相反，那是個年約十五、名叫羅奈爾得的少年。這個孩子的出身有點奇特，他不是被父母賣來換錢的孩子，本身也沒有作惡犯罪，只是身為孤兒的他由於擁有稀有的黑髮黑瞳，因而被一個新興宗教看中奉為神祇的化身，結果當時只有三歲稚齡的他成了邪教招搖撞騙的工具。後來這個宗教被國家所滅，羅奈爾得便被貶為奴隸。

羅奈爾得的黑髮黑瞳很稀有，可惜在這裡長得過於引人注目絕不是好事。很快地，少年便成了士兵最喜歡奴役的奴隸，無論是想要打人、發洩，還是使喚奴隸，他們總是率先想起這個黑髮少年。

自從來到集中營後，失去母親守護的卡斯帕心智快速成長，再也不是那個什麼都不懂的天真孩子。男孩見過許多黑暗骯髒的事情，馬上便明白母親不讓他以真面目示人的苦心。卡斯帕的動作比以前更加小心翼翼，每次在洗澡過後便立即再度弄得自己滿身滿臉都是灰塵與泥濘。若不是沒有把臉弄花的勇氣，男孩幾乎想把自己的臉弄出一、兩道疤痕以補萬全了。

那時候卡斯帕一直認爲自己會像一般的奴隸平凡地活著，長大以後被派往外面工作，運氣好的話活著回來，然後與國家分配給他的女奴隸結婚生子，然後在某一次工作中像自己的父親般死在外界……

他本來一直都這樣認定著，直到某天他被告知自己與羅奈爾得，以及喬納森分派至同一房間。

羅奈爾得是個沉默寡言的人，少年黑色的雙眼有著像野狼般令人望而生畏的目光。他無論受到怎樣的欺壓也保持著桀驁不馴的性情，全然不像一般孩子面對士兵時的唯唯諾諾。也許少年的一身傲骨正是那些士兵樂此不疲地去欺侮他的原因，畢竟過於溫順的對象欺侮起來也太沒意思了。

喬納森則是個非常高傲的人。與羅奈爾得那種隱藏在骨子裡的傲骨不同，這個男孩的驕傲形浮於面，而對方的實力也的確讓他有驕傲的資格。更有傳言國家之所以把他整個家族的人處死，卻獨獨讓他活下來的原因，是因爲看重他的鍊金知識。國家打算在集中營裡打壓他一番，讓他好好記著前人的教訓後，再再度重用對方。

因此，即使喬納森什麼也不做，那些看守的士兵在國家表態以前也不敢對他怎麼樣，更何況現在喬納森還幫他們賺取大把大把的金幣呢！

集中營劃分成一個個區域，卡斯帕所處的這一區雖然生活條件很艱苦，所得的食物也只能勉強讓他們活下去，然而在居住空間方面卻一點兒也沒有苛待他們。足夠八人居住的房間卻分配給三人居住，從中可看出奴隸的數目在戰亂中驟跌的程度到底有多嚴重。

三人雖然住同一間房間，但十多天下來卻從沒交集，甚至一句對話也沒有。

直至一天晚上，卡斯帕如常等兩名同房的男孩熟睡以後，偷偷起床梳洗。雖然迫於無奈要用污泥掩蓋容貌，但不代表男孩不愛清潔，再加上一天勞動後身上滿布汗水，黏膩膩的很不舒服。每天卡斯帕都會抓緊深夜的時分偷偷起來洗澡，即使有次喬納森半夜醒來，房間幽暗的環境也讓他看不清楚卡斯帕的臉龐，只覺得這個同房的男孩子行爲古怪而已。

當晚卡斯帕梳洗完畢以後把東西收拾好，便想要把才剛洗乾淨不久的臉弄髒，偏偏就在此時房門倏地打開，提著油燈的士兵忽然闖了進來！

卡斯帕被嚇了一跳，慌亂之下便要驚呼出來。然而一隻有力的手適時把男孩的嘴巴摀住，並飛快地把他拖至床上用被單蓋住。

「怎麼了？」喬納森立即被驚醒，戴上眼鏡不滿地望向擾人清夢的士兵。

士兵面對喬納森的態度非常恭敬，看到男孩不滿的眼神後竟露出慌張的神情，討好地說道：「喬納森先生，請隨我們出來一趟。」

雖然士兵平常對喬納森還算禮貌，可現在對方的態度已不止是有禮，而是敬畏了！聽到士兵連敬稱都說了出來，喬納森鏡片後一雙眸子精光一閃，隨即微微頷首，便隨士兵步出房外。期間這兩人看也沒有看在房內的卡斯帕與羅奈爾得，大概在他們的心目中，這種微不足道的小人物，根本不值得他們花費心力來關注吧。

直至房間重歸黑暗以後，羅奈爾得才放開了卡斯帕，男孩立即從被窩裡掙扎出來，一張美麗得讓人屏息的小臉被悶得紅紅的。「怎麼了？」

黑暗中羅奈爾得沒有說話，過了良久，少年那低沉的嗓音緩緩從黑暗中響起，道：「你應該不希望讓人看到你的容貌吧？」

卡斯帕聞言大驚，手下意識地撫上自己的臉，脫口詢問：「你怎會知道？」

不應該被發覺的呀，他每次都選擇在深夜才摸黑梳洗，即使對方醒了過來，那種環境也只能夠勉強看見輪廓而已，根本無從得知他的相貌才對。

羅奈爾得淡淡說道：「我的視力比一般人好，再黑的環境下也能夠視物。」

卡斯帕驚訝地直眨眼，他想不到這個一向沉靜的少年還有這種特異的能力。

驚訝過後，男孩這才想起剛剛羅奈爾得的幫助，立即弱弱地補上一句：「謝謝你……」

隨即卡斯帕感到有人揉了揉他的頭髮，黑暗中只能看見輪廓的少年的臉，彷彿正在微笑。

訝異地睜大雙眼想要看清楚一些，卡斯帕一直以為羅奈爾得是個很冷酷，甚至性情凶殘的人，想不到在危急時刻卻是這個人保護了他。

也許就像他爲了保護自己而故意把臉弄髒一樣，沉默冷酷也是羅奈爾得的保護色吧？卡斯帕忽然覺得他們是很相似的人，同樣爲了生存而拚命地僞裝著自己。

就在卡斯帕還想要說什麼之際，忽然感到羅奈爾得再度將被單覆蓋在他頭上，道：「別動！有人過來了！」

雖然黑暗中看不到對方的表情，可是羅奈爾得那凝重的嗓音，卻讓卡斯帕的腦海中不由自主地浮現出少年那張總冰冷無情、酷得不行的臉。

房間內靜得只聽得見兩人的呼吸聲，根本沒有任何異動。然而羅奈爾得先前的出手相助已贏得卡斯帕的信任，因此男孩還是乖乖聽話地縮在被子裡一動也不動。果然很快地，黑暗中便傳來輕微的腳步聲，這微細的聲響令卡斯帕不禁駭然，想不到羅奈爾得不只視覺特別出眾，就連聽覺也比常人靈敏這麼多！

擁有如此出眾的體質和特異容貌，也難怪會有宗教組織把他奉爲神明斂財了。

很快地，房間的門再度被打開，站在門前的是去而復返的士兵與喬納森。士兵手中的油燈驅散了房內的黑暗，卡斯帕見狀連忙把被單蓋得更加嚴實，只剩下一條狹縫偷看外面的情境。

士兵把油燈放在簡陋的木架上，隨即竟然一言不發地拔劍往坐在被鋪旁邊的羅奈爾得身上斬去！

卡斯帕被嚇得驚呼了聲，再也顧不得自己正在裝睡；而站在房門前的喬納森卻神色不變，嘴角甚至還勾起了一絲笑意，兩人的反應形成鮮明的對比。

羅奈爾得的體質比一般人好，反應神經更是卓越。只見男孩敏捷地閃避開士兵揮斬出來的劍，可惜房內能夠騰挪的空間終究有限，羅奈爾得的速度再快還是顯得險象環生。

最終手無寸鐵的少年被逼至牆角再也沒有退路，士兵獰笑著舉劍便往羅奈爾得迎面斬去！

「不要！」卡斯帕只覺得熱血上衝便什麼也顧不得了，男孩從被窩衝出想要阻止士兵的暴行。

就在羅奈爾得的性命受到致命威脅的瞬間，少年的影子裡忽然延伸出十多條由影子分裂而成的黑鞭，鞭子就像毒蛇般靈活無比地往揮劍的士兵捲去！

「這是什麼!?」士兵尖叫了聲，便被黑影幻化的鞭子重重甩了開去。可惜羅奈爾得出手的時機還是晚了點，身上依舊被士兵的長劍留下一道由左肩直直延伸至右腰的傷口。只要長劍再劃深一點，少年便會是肚破腸流的下場。

「羅奈爾得！」此時卡斯帕也趕到了，男孩滿臉擔憂地扶著滿身鮮血的羅奈爾得，暗昏的燈光映照出卡斯帕那張精緻美麗得不屬凡間的臉龐，一顫一顫的長長睫

毛上沾有晶瑩的淚珠，滿臉倉皇的神情讓見者不禁心中一陣抽痛，只想盡最大的努力去撫平男孩的憂傷。

無論是士兵對羅奈爾得的拔劍相向，還是羅奈爾得所展現出突如其來的力量，倚門而立的喬納森仍舊一臉淡然，有著一股對任何事情瞭如指掌、睥睨天下的氣勢。

然而在看清卡斯帕的容貌後，這個滿身高傲的男孩震驚了。在他心目中，這個同房的小男生就只是個髒兮兮、沒什麼存在感的孩子，誰想到那一臉的污泥，竟是掩蓋了一張粉妝玉琢得彷如天使般的容貌？

此刻卡斯帕並沒有注意到，他一直小心翼翼遮掩著的容貌已顯露無遺。男孩的心神全都放在羅奈爾得身上，即使少年沒有當場喪命，可他的傷勢仍不樂觀。這裡的衛生環境惡劣，很多孩子的死因正是由於小小的傷口所引起的併發症所致。小傷口所引起發炎最終能夠奪命，更遑論羅奈爾得這個鮮血止也止不住的劍傷？

卡斯帕手足無措地嘗試替羅奈爾得止血，只見男孩的眼淚大滴大滴地落下來。卡斯帕一面抹眼淚，一面抓過被單用力按住羅奈爾得的傷口，淚眼婆娑的他卻沒有發現自己按住傷口的手正發出一陣淡淡的柔和金光，然而羅奈爾得與喬納森卻把一切都看進眼裡。

羅奈爾得感到傷口一陣發燙，隨即酥麻的感覺從傷口傳來。少年低頭一看，竟震驚地看見嚴重不已的劍傷正以肉眼可見的速度快速癒合！

身為士兵裡最受「歡迎」的奴隸，羅奈爾得一直沒少受士兵們的毒打。他早就知道自己的痊癒能力比一般人強，這也是男孩為什麼能夠一次又一次地在毒打下保住性命的原因。但他也明白這種自癒能力也是有限度的，像剛剛那種嚴重的傷勢，即使自己的自癒能力再變態，也至少需要一個多星期的時間來復元，可從他剛才受傷至今有多久了？一分鐘？還是只有三十秒？

卡斯帕抹乾眼淚垂首往羅奈爾得的傷口一看，目光在觸及自己的手所發出的微光時立即被嚇到了，隨即那充滿溫暖感的光輝也在男孩回神的瞬間隨之消散。

喬納森的目光熾熱地盯住滿臉疑惑與不知所措的卡斯帕，喃喃自語道：「太完美了！這孩子完全符合我的理想，無論如何我都一定要得到他！」

ch.6
神與魔

一陣微弱的呻吟聲打斷了三個男孩各自的思緒，只見剛才被羅奈爾得施展的力量甩出遠遠的士兵吃力地站了起來，並一臉怨毒地盯著倒坐在地的少年。

由於羅奈爾得滿身鮮血，因此士兵並沒有發現少年的傷勢已然痊癒，不然只怕士兵此刻的神情不是怨毒而是驚嚇了。

身爲看守奴隸的士兵，他們就像是掌控著眾多奴隸性命的神一般的存在。這些人早就習慣了奴隸的唯命是從，現在竟然傷在一個手無寸鐵的奴隸手上，士兵深覺臉上無光之餘，更狠下決心要討回面子，卻不想想從頭到尾都是他單方面揮劍攻擊羅奈爾得，而少年只是爲了自衛才出手回擊而已。

雖然士兵對羅奈爾得忽然展現出來的奇怪力量很忌憚，但想到羅奈爾得身上的「傷勢」後，士兵忐忑不安的心情立即安心了不少。

就在士兵要再次向羅奈爾得出手之際，一直在門邊冷眼旁觀的喬納森出言喝止，道：「住手！要測試的事情我已經確定了，你退下吧！」

前一秒還滿臉猙獰的士兵在聽到男孩發話後，竟然露出敬畏的神情，雖然眉宇間依舊有著不忿，可仍是第一時間停了下來。

見狀羅奈爾得皺起了眉，道：「他之所以攻擊我，是你示意的？」

「是。」喬納森爽快地承認下來，毫不理會在他說出了這個字以後，羅奈爾得眼中的殺氣更加濃烈了幾分。只見男孩的嘴角勾起一個嘲諷的笑容，道：「你應該感激我。如果不是我讓他們把你逼至絕境，也許你終其一生也不會知道自己的價值。」

「什麼意思？」

「我在古籍中看過這世上存在著一些天生會吸納元素的體質，這些人在魔法上有著令人嫉妒的卓越天賦，只要稍加鍛鍊無一不是名震天下的強者。我曾聽說過你在邪教中所製造的那些所謂的『神蹟』，因此懷疑你正是古籍中所說的擁有闇系體質的人，就讓他來試探一下。」說罷，喬納森伸手往士兵的方向指了指。

「要我感激你!?你難道沒想過如果你猜錯我會有什麼下場嗎？」

「猜錯的話也只是讓他們殺掉一個奴隸而已，這有什麼大不了？若你眞的只是個普通人，作爲奴隸活著也是在受罪。」喬納森說得一臉輕描淡寫。「國家很看重我所持有的技術，願意恢復我被剝奪的爵位。作爲一名鍊金術師，我對你的體質很有興趣，也能夠爲你提供良好的生活與學習環境，你要跟我走嗎？」

羅奈爾得皺起了眉，道：「跟你走，然後當一隻白老鼠？」

聽到對方的質問，喬納森笑了笑，道：「跟我走，然後成爲我的伙伴。你有這個與我平起平坐的資格。」

羅奈爾得猶豫了片刻，便把一旁的卡斯帕拉至身前，道：「跟你走可以，但我要帶上他。」

少年並沒有忘記在最危急的關頭，是這個孩子不顧一切地衝出來想要幫助他。現在卡斯帕的絕美容貌已經曝光，留下來的話下場只怕會很淒慘。雖然羅奈爾得與這孩子其實並沒有太大的交情，但有時候人與人的相處很微妙，卡斯帕當時奮不顧身的舉動實實在在地感動了他，因此羅奈爾得不介意在有能力的時候拉對方一把。

喬納森托了托鼻梁上的眼鏡，「可以，即使你不說，我本也打算帶他走。」

聽到喬納森的話，一旁的士兵不禁露出沮喪的神情，從他第一眼看到卡斯帕的眞面目後，視線便再也無法從男孩的臉上移開。擁有如此絕美的長相，這個奴隸絕對能夠賣出天價，有很多貴族正是好這一味的……不！再多的錢他也捨不得把這孩子賣走，如果能讓他把這男孩留在身邊，他就是短十年命也甘願！

可惜這孩子是喬納森點名要帶走的人。現在國家軍情危急，急須喬納森的鍊金技術，不要說他這個小小的士兵了，就算是國王陛下看上了這個孩子，也不會在這種生死存亡的時刻違逆喬納森的意思。

沒有理會一臉糾結的士兵，喬納森此刻褪去了高傲的神情，一臉溫柔地上前牽起了卡斯帕的手，笑道：「我們走吧！」

連串的變故讓年幼的卡斯帕方寸大亂，不禁不安地伸出另一隻手拉住羅奈爾得的衣襬。

喬納森見狀，雙眼閃過一陣不快，但這神色稍縱即逝誰也沒有察覺到。當卡斯帕再度抬頭看向喬納森時，只看到對方露出了理解的目光，放開了他的手，「想不到卡斯帕你與羅奈爾得的感情原來那麼好，我也明白現在要帶你離開實在是突然了點，可是我必須在今天之內出發到王城覆命，你會願意跟我離開的對吧？」

看到喬納森溫和的眼神，卡斯帕內心稍安，點了點頭應了聲道：「嗯！」

三個男生中，五歲的卡斯帕年紀最小，他們的年紀正好都相隔五歲往上遞增，卡斯帕的上面便是比他大五歲的喬納森，以及現年十五歲的羅奈爾得。

喬納森並沒有食言，他替卡斯帕與羅奈爾得兩人除去賤籍，免除了他們世代爲奴的命運，更爲兩人提供了優良的環境，生活說是錦衣玉食也不爲過。

喬納森是個很好的領導者，他有理想、有野心，而且還有豐富的學識，對兩名什麼也不懂的同伴也展現出很大的耐心，這讓卡斯帕很快便與少年親近起來。

至於羅奈爾得卻始終對喬納森懷有一份戒心，關於這點，卡斯帕實在是愛莫能助，畢竟當初喬納森用來試探對方的手段實在太惡劣了。

其實不止喬納森，羅奈爾得對任何人都保持著一份疏離感，如非必要，他可以一整天都不說一句話。少年那冷至骨子裡的眼神只有觸及卡斯帕時才會變得柔和，這讓男孩在爲對方擔憂的同時，卻又爲少年對自己態度的與眾不同而沾沾自喜。

喬納森在醉心研究的同時不忘爲兩人安排了優秀的導師，對魔法有所認知以後，卡斯帕這才驚悉自己與羅奈爾得一樣擁有著吸納元素的體質，而且是與少年相反的光系體質！

聽說擁有這種體質的人把魔法修練至極致時，能夠爲重傷者生肉活骨，甚至還能令死者復活。卡斯帕對此半信半疑，對他來說，能夠讓死者復活已經是神的範疇了，在男孩的心目中，神明什麼的都只是人們美麗的幻想罷了。

「你這種想法真失禮，神族在過往的歷史是確實存在的種族。」當喬納森聽到男孩這種想法時，立即向卡斯帕投以「沒知識眞可怕」令人火大的眼神。

被喬納森的眼神盯得很不爽，卡斯帕反駁道：「既然神明是眞的存在，那怎麼從不顯靈？」

喬納森持續著令人不爽的鄙視眼神，道：「傳說在很久以前，神族是一個與人類共生的種族，沒有固定形態的祂們擁有強大的力量，祂們爲人們提供庇佑從而獲得人類的信仰之力。只是神祇的誕生非常困難，而且到了後期愈來愈多神祇選擇轉化成別的種族重生，久而久之這個種族就消失了，只剩餘一些很久以前遺留下來的殘缺不全的記載。聽說轉生的神族全都繼承了一部分當神明時所擁有的能力，也許你與羅奈爾得這些擁有特殊體質的人，正是轉生神祇的後代也說不定。」

卡斯帕不解地眨了眨眸子，道：「當神明高高在上、長生不老的有什麼不好？

祂們爲什麼要轉生去當別的種族？」

喬納森聳了聳肩，道：「我怎知道呢？也許祂們當神當膩了吧？有些人就是喜歡自討苦吃。」

卡斯帕深有同感地點了點頭，隨即男孩想起什麼有趣的東西似地展顏笑道：「那麼說的話，羅奈爾得小時候曾經被奉爲神之子也不算是騙人了嘛！」

喬納森搖了搖頭，道：「我反倒覺得他那種能夠驅使黑暗，讓生命枯萎的能力比較像魔族吧？」

「魔族？」

「傳說從深淵之地而來的黑暗種族，後來被大陸各種族聯合把他們逼退了，連接深淵的縫隙也被徹底封閉，現在已搞不清楚這個名爲『魔族』的種族到底是眞實存在還是僅是傳言。」

卡斯帕笑著吐槽道：「怎麼你說出來的盡是些不能確定的東西？可信性存疑喔！」

「我倒是相信有神明的存在。」喬納森托著頭，伸手輕撫著卡斯帕的淡金色美麗髮絲，道：「要是這個世界有神的話，我想應該就是像你這樣吧？」

喬納森的話讓男孩害羞地紅起了臉，道：「我、我才沒有那麼完美呢！」

「是嗎？我卻覺得你很好。要是能讓我選擇誰來當神祇的話，我一定選你。」

那時候的卡斯帕只把喬納森的話當作玩笑，轉眼間便把它忘掉了。可是在很久很久他回想起來以後，這才驚覺當年喬納森凝望他的眼神非常熾熱。也許在當時，這個聰明無比的少年早已盤算著那個瘋狂的念頭，並決定在將來實踐在自己的身上！

五年過去了，連年不斷的戰爭就像燎原的星星之火，起先只是小國之間的鬥爭，然而戰勝方在收納戰敗國的國土後國力迅速增強，威脅到鄰近的國家，從而引起新一輪的戰爭。

國與國之間不斷呑併，很快地，大陸上只剩下六個國家，各國君主都像殺紅了眼的野獸，無論他們是爲了自保還是因爲自身的野心，這場滅絕了多個國家、令大陸上人類人口銳減至三分之一的戰爭，只怕不互相呑併至最後一個勝利者出現是不會結束的了。

卡斯帕身處的奧斯頓王國屬於主戰派，連續多場勝利讓國王艾布特的野心無限膨脹。然而奧斯頓王國本就只是個近年利用吞併小國這種方法強大起來的「暴發戶」，看似國力強大，但其實還需要很長的時間來慢慢把吸納而來的國力融合。這個缺點雖然在與小國作戰時尚未顯現，但其實一直潛伏著，直至國家與那些擁有千年底蘊的大國對戰時終於成了戰敗的主因。

值得一提的是，卡斯帕對菲利克斯帝國這個敵國的印象其實滿不錯的，聽說是個仁慈的國度。這一次之所以爆發戰爭的原因，還是因爲急功近利的艾布特國王主動挑釁，他不光下令士兵入侵對方的邊境，擄掠人民作奴隸補充國內連年征戰所流失的勞動力，搶奪一切能夠搶奪的東西以後還放火焚燒了數個村落。

與奧斯頓王國不同，早已廢除了奴隸制度的菲利克斯帝國是個講求人權與民主的自由國度，對於奧斯頓王國的行爲深惡痛絕。結果當菲利克斯帝國得知消息以後舉國震怒，以雷霆萬鈞之勢向奧斯頓王國施以瘋狂的報復。

奧斯頓王國的國力與底蘊也只能欺負一下周邊小國而已，當她對上千年古國菲利克斯帝國時，便無可避免地悲劇了。

徹底被激怒的菲利克斯帝國軍隊猶如殺進羊群的餓狼，用著極快的速度不出半年便攻打至奧斯頓王國的王城。戰敗對王族來說絕對是滅頂之災，尤其以艾布特一直以來的劣跡來看，菲利克斯帝國讓他活下去的可能性實在是微乎其微。

艾布特性情暴虐但卻異常貪生怕死，在得知無法阻撓敵國的復仇步伐以後，他立即領著國家殘餘的戰力，以及王城的居民南移。本來那些平民是不願意離開土生土長的城鎮，然而艾布特命人在王城到處發放流言，誣陷打著復仇旗號出戰的菲利克斯帝國已下令屠城，驚惶失措的平民這才收拾細軟跟隨大軍一起逃亡。

這一年卡斯帕十歲，艾布特有心把男孩培育成王室的私人看護，因此卡斯帕的資料全都被下令封鎖，只有少數人知道這名男孩的驚人天賦。除了國王陛下生病時需要利用卡斯帕的聖光來治療外，這孩子基本上就是個吃閒飯的。

至於羅奈爾得則成了一名衛兵，但其實卡斯帕知道他的工作並不如表面般簡單。因爲羅奈爾得偶爾會接連失蹤好幾天，回來時身上都是帶傷的。可是大家都有心隱瞞他，卡斯帕也就沒有追問，只是每次在青年回來時默默用聖光爲對方療傷。

直至有一天，明白卡斯帕早已生疑的羅奈爾得終於向男孩坦白。他的確是在當衛兵沒錯，可是在有需要的時候會稍微做一下工作範疇以外的任務——例如幫國王陛下去暗殺一些他看不順眼的人。

身爲國家重要的鍊金術師，成功研究出幾種大殺傷力武器的喬納森則最受艾布特器重。逃亡時各有所長的三人被安排隨行在國王身邊，倒是沒有吃太大的苦頭。

雖然艾布特早在菲利克斯帝國殺進王城以前聞風而逃，可是平民逃離的速度實在太慢，再這樣下去，被敵軍追上只是時間問題。

艾布特也不是沒想過丟下這些平民獨自逃走，可是一個沒有人民的國王還算是個國王嗎？艾布特是個有著很重權力慾的人，統領這些平民讓他能夠繼續保持著作爲國王的優越感。這些人全都被艾布特視爲私有財產，無論如何他都不會放手的！

看到與敵軍的距離愈拉愈近，艾布特爲了加快逃亡速度，竟然下達了一個殘暴不仁的命令——命國民屠殺所有生病、殘疾，以及十歲以下、六十歲以上的平民，如發現任何漏網之魚，那人連帶他的親人都會一併被誅殺！

卡斯帕善良心軟，聽到命令後不忍地苦勸道：「那些人追不上我們的步伐，陛下把他們丟下就好了，何必要趕盡殺絕呢？」

艾布特冷冷說道：「我不要的東西就算毀掉也不會留給菲利克斯帝國那班渾蛋的！怎麼？你在質疑我的做法嗎？」

少年還想要說什麼，一旁的喬納森連忙按住他的肩膀，並用眼神示意對方不要再多言。從小受到喬納森的照顧，卡斯帕一向很聽對方的話，只好把要說的話嚥回肚子裡。

這是個充滿血腥與悲傷的黃昏，一個又一個生病殘障，又或是滿頭白髮的老人相繼自盡，父母硬著心腸把哭喊的孩子活活掐死。妄圖逃走的人，以及那些人的親屬無一例外地被軍隊盡數斬殺。

在追捕逃走的人的過程中，羅奈爾得發揮了很大的作用，自從一身闇系力量覺醒後，他在這五年間產生了很大的變化。不光身體的自癒速度愈來愈快，身體素質也隨之變得愈來愈好，甚至還擁有些微窺探人心的能力。

雖然他的能力無法探測對方心中所想，但卻能感受到人們強烈的情緒波動。拜他的能力所賜，這次對平民的屠殺並沒有任何漏網之魚，他們躲藏的位置再隱密，最終還是被羅奈爾得察覺，並死在青年的劍下。

屠殺持續至晚上，當最後一聲慘叫聲靜寂下來後，現場只剩下死者家屬的嗚咽與慟哭。

當所有殺戮都靜止之後，身上沾染上不少鮮血的羅奈爾得神色冰冷地回到帳篷，結果雙腿還未踏進去，便被喬納森轟至河邊洗澡。

看著一臉漠然的青年，卡斯帕完全猜不出對方的心裡到底在想什麼，總覺得這個人已離他記憶中那個雖然外表冷冰冰，可卻一次又一次把他救離險境的人愈來愈遠。現在面對羅奈爾得的時候，他竟有種陌生的感覺！

軍隊的帳篷全都駐紮在河道旁，卡斯帕放眼看過去，不少剛進行過屠殺的士兵正與羅奈爾得一樣，在河道的淺水區沖刷著身上的血跡。鮮紅的血在火光下緩緩於水中化開，很快地，清澈的河水便染上了淡淡的粉紅。

雖然卡斯帕他們的帳篷與屠殺平民的區域相距一段距離，但少年總覺得地上那略顯潮濕的棕黑色泥土，彷彿浸透了人民的鮮血，當時由遠處傳來的陣陣悲鳴彷彿仍在耳邊擾攘不息。

「真過分，不是嗎？」不知何時來到少年身旁的喬納森，語氣毫不掩飾地帶著濃濃的不屑與嘲諷，「這種一味只知道壓迫的手段終有一天會遭到人民的反彈，卡斯帕，有興趣當對抗這個愚蠢國王的先行者嗎？」

男孩訝異地睜大雙目，道：「喬納森你想造反？」

喬納森竊笑道：「還談什麼造反，這個國家根本早就被人滅了，只是那些王族還不死心地在苟延殘喘而已。不是我危言聳聽，以艾布特的性格，當他走到絕路時，一定會拉著身邊的人陪葬的！跟著那個男人根本就沒有任何未來可言。」

看到卡斯帕的表情，喬納森知道少年已經被他說動，只是找不到好的方法這才舉棋不定。「今天的事情不是個很好的契機嗎？現在人民對王族的怨恨已到達臨界點，只要有一點半星的火便能燎原。人民現在所欠缺的，就只是一個敢於出頭的領導者而已。」

少年猶豫著道：「可是國王的禁衛軍……」

喬納森笑道：「別忘記士兵脫下戰甲也只是個普通的平民而已，他們大都是王城出身，你又怎知道被殺的平民中沒有他們的親人？的確，禁衛軍對國家的忠誠度是無可置疑的，可如果出現一個地位比國王更高的人，他們一定很樂意改變效忠的對象。」

「……我不明白。」

「答案不是顯而易見嗎？艾布特利用我提供給他的鍊金成品，多次創造了所謂的『神蹟』，並營造出國家受到神明眷顧的假象來穩定人心。如果因爲國王屠殺人民而令神明發怒，你覺得這個劇本如何？」

「神族已經多年沒有出現了，人民會輕易相信嗎？」

「爲什麼不？生活愈是艱苦，他們便愈是需要一個心靈的寄託，你看當年把羅奈爾得奉爲神祇的宗教，不是混得有聲有色嗎？要不是那個教主太急功近利，吃相過於難看，說不定那個教派現在的勢力已能威脅一個國家了。」

「仔細一想，你說的話也不是不可行，正好羅奈爾得對這種事情很有經驗，而且他的實力也很強……」

「我可不打算創造這種半吊子的神。」

「咦？」

「卡斯帕，我記得我曾經說過吧！要是能讓我選擇誰來當神祇的話，我一定選你。」

「不不不！我不行的！」難怪喬納森耐著性子與自己解釋那麼久，原來竟打著要他上陣的主意！

「放心吧！就衝著你超乎常人的美貌與能力，你絕對能做得很好。打仗最不缺的就是傷者，你只要裝出一臉高深莫測的樣子用聖光治好幾名垂死的傷者，我包准你什麼都不用說，那些人民也會把你視作神明來供奉。」

從卡斯帕不停變幻著的神色可看出少年內心的掙扎，剛洗去一身血腥的羅奈爾得回到帳篷便看見這一幕。青年疑惑地看了看兩名同伴，帳內陷入了一片沉默。

卡斯帕猶豫不決的眼神在看到羅奈爾得的瞬間忽然變得堅定，咬了咬牙說道：「好吧！我也討厭陛下利用羅奈爾得的能力來濫殺無辜，我與他們拚了！不過神祇的事情就容我再考慮一下吧……」

喬納森挑了挑眉，隨即望向一旁沉默著的羅奈爾得說道：「我剛才說了那麼久也沒能把卡斯帕說動，想不到你一回來什麼都沒幹便讓他答應了，這眞是令我嫉妒的差別待遇啊！」

羅奈爾得皺起了眉，道：「你們到底在說什麼？」

就像冷漠的羅奈爾得只會在男孩面前露出柔和的神情般，別看喬納森對卡斯帕幾乎千依百順，他的溫柔與耐性也只限於卡斯帕而已，對其他人卻不假辭色。

早就摸清楚喬納森性格的卡斯帕很自覺地上前為羅奈爾得解釋起來，羅奈爾得聽罷後思索片刻，隨即詢問：「脫離奧斯頓，然後呢？你們想要建立一個新的國家？」

完全沒想得這麼長遠的卡斯帕頓時被問倒了。對少年來說，推翻王族已經是萬難的事情，因此從未想過眞的成功了以後到底該怎麼辦。

與卡斯帕不同，身為提議者的喬納森顯然早已設想了詳盡的方案，想也不想便立即回答：「不，難得建立了新的宗教，人類的王又怎能與全能的神祇相提並論？你們不覺得依附一個可以接納我們的國家，然後繼續發展我們的教派會更有意思嗎？我認爲成事以後，帶領人民投靠菲利克斯帝國是個不錯的選擇，我早已打聽過那是一個強大富裕的國家，而且君主也是個開明的明君。只要利國利民，菲利克斯帝國完全不會制止新興教派的進駐。當然，一切的前提是卡斯帕能夠接納我的提案。」

羅奈爾得冷聲試探道：「你想的意外地詳盡啊！」

喬納森習慣性地伸手托了托鼻梁上的眼鏡，全然沒有任何掩飾野心的意思，「當然，這個想法在我心裡已不是一朝一夕了。鍊金術師熱愛發明與創作，有什麼能比創造一個神明更令我感到興奮與自豪？」

ch.7
妖獸橫行

夜幕已深，當眾人陷入沉睡之時，一聲聲令人毛骨悚然的野獸叫聲從軍營中響起。

「那是什麼聲音？難道是狼群嗎？」平民立即驚醒，在一片漆黑中驚懼地往軍營方向看去，只見一群似狼非狼、通體漆黑的異獸正在微弱的火光下收割著人命。牠們出現得很突然，當士兵把這些異獸趕走的時候，包括艾布特在內的所有王族已盡數倒在血泊中。

異獸擁有強悍的自癒能力，不只動作敏捷，散發著幽幽綠光的銳利爪牙還帶有劇毒，不少受傷的士兵因毒發而倒臥在地上抽搐著，眼看便要活不成了。

「讓一讓！讓一讓！讓我們過去！」略顯稚嫩的少年嗓音從一片嘈雜的軍營中響起，只見一名長相絕美的少年焦慮地在人群外拚命想要往內擠，然而憑他的瘦小身形卻完全無法移動這些虎背熊腰的士兵分毫。一旁的喬納森倒是一臉高傲地站在原地抱著臂膀，展露出一副對方不主動讓開的話他絕不會踏前一步的氣勢。

「是喬納森大人！」少年的呼喊總算引起了將領的注意，眾人連忙讓出一條道路給他們。

「喬納森大人，請你務必救救我們的兄弟！」

喬納森這名享譽全國的鍊金術師的出現，讓這些圍著傷者束手無策的士兵們重新燃起了希望。可惜青年察看了士兵們的傷口後卻搖首說道：「我又不是藥劑師，即使我能研究出他們身中的是什麼毒素也幫不上忙。」沉吟片刻，他轉向一旁的同伴道：「卡斯帕，你看看。」

與投放在喬納森身上的信賴目光不同，士兵們一臉懷疑地看著半跪在地上檢查傷者傷口的卡斯帕。也不怪他們對少年不信任，只因這些年來卡斯帕實在被艾布特隱藏得太深了，再加上喬納森與羅奈爾得也刻意讓他隱藏實力，畢竟兩人的能力已足夠令他們在國內站穩腳步，犯不著讓卡斯帕也暴露他的才能。

雖然因爲卡斯帕的美貌，再加上在逃亡中男孩被艾布特作爲重要人物所保護著，他的姓名與喬納森他們一樣早已廣爲人知，但在眾人眼中，這孩子只是個擁有美麗外表的普通人而已。

只見跪坐在傷者身旁的卡斯帕身上浮現起淡淡的金色光芒，所有被光芒照耀到人的都覺得渾身暖洋洋的很舒服，惡戰過後的疲勞竟也隨著光芒的出現而消失，力量逐漸恢復到全盛之時。

士兵們隨即發現輕傷者身上的傷勢不知什麼時候已經痊癒，至於那些受傷較重的傷者，身上的傷勢也以肉眼可見的速度癒合著。臉上因中毒而變得死灰的顏色逐漸褪去，變回了正常的膚色，只是因爲失血過多而顯得有點蒼白而已。

小小年紀的卡斯帕本就出落得比女子更爲美麗，聖光更爲他添上聖潔莊嚴的氣息，看著眼前的「神蹟」，不知是誰帶頭高聲讚頌：「是神蹟！這種力量我在書裡看過，絕對是神明所創造的神蹟！」然後無論士兵還是在遠方觀望的平民，一大片一大片的人群向少年俯首跪下，卡斯帕看著黑壓壓跪下的人群，只覺內心震撼無比，更產生出一種澎湃的情緒，那是人類對權力的渴望。任誰被人如此敬畏推崇，內心都難免會激動一番。

不過激動歸激動，這個天大的誤會還是要澄清的。然而喬納森卻適時按住少年的肩膀，用眼神示意卡斯帕默認了這個「神」的稱號。

「可……可是……」到了此時，卡斯帕哪還看不出這是喬納森搞的鬼？平常卡斯帕是很聽喬納森的話沒錯，可承認自己是神明絕不是小事，少年沒有信心，也不想欺騙眾人。

怎料少年拒絕的話還未說出口，便覺得脖子一陣輕微的刺痛，隨即便覺得全身發軟，雙眼一閉便失去了意識。

喬納森把軟倒的少年扶住，一隻只有指甲大小的蠍子悄悄從少年的衣領爬至喬納森手指上，隨即變回一枚刻有蠍子紋飾的銀色指環。

「卡斯帕大人他怎麼了？」民眾憂心於少年突然暈倒的狀況，卻沒有發現自己對待卡斯帕的態度已有了翻天覆地的變化，那發自內心的敬畏遠遠大於面對喬納森時的尊敬。

雖然神祇已消失多年，可是人民全都是聽著神明的故事長大的，對神祇的敬畏早就植入心底。適逢亂世，不同的宗教爭相崛起，以至於人民受各種宗教影響，對神族的界限便變得更加模糊。對人民來說，只要擁有驚人的力量，能夠帶領他們過上好日子，便是值得他們膜拜的「神」。當年年幼的羅奈爾得只是展露他那驚人的自癒能力，已能爲教派吸納大量信徒，更何況卡斯帕這種溫暖柔和、充滿著神聖與救贖的光明之力？

卡斯帕清醒以後，第一時間便是向同伴質問：「喬納森，那些擊殺陛下他們的怪物……」

「嗯，是我利用羅奈爾得的血液製造出來的。」喬納森直應不諱。

「我不是說冒充神明一事需要時間考慮嗎？你怎可以這樣做？而且陛下即使該殺，可是小王子與王后他們是無辜的！」

「那又怎樣？卡斯帕，現在並不是婦人之仁的時候，他們的死不是沒有意義的。至少他們的死能夠讓我們以及眾多的平民活命。難道你就忍心繼續看著羅奈爾得被陛下利用，作爲劊子手去殺人嗎？」

男孩聞言，把視線轉向一旁的羅奈爾得沒有說話，他知道喬納森既然研究出那些怪物，那羅奈爾得顯然早就知道並默許了對方的行動，就只有他被蒙在鼓裡嗎？

「羅奈爾得，你是怎麼想的？」

聽到卡斯帕的詢問，一直沉默著不說話的男子淡淡說道：「現在我們羽翼已豐，奧斯頓王室已無必要存在下去了。至於利用神明的身分來出人頭地，你其實並不如表現般的那麼抗拒對吧？」

卡斯帕嘴角一抽，好吧！他早就知道兩名同伴對奧斯頓王國根本就沒有絲毫歸屬感，這個國家在他們眼中只是個往上爬的踏腳石而已。也許無論是全家被斬殺的喬納森，還是作爲殺手的羅奈爾得，他們對於王族都是殺之而後快吧？

至於冒充神祇一事，卡斯帕也承認自己之所以抗拒，主要還是因爲恐懼與良心作祟。這些年雖然因爲環境逼迫，卡斯帕必須表現得乖巧懂事，可男孩骨子裡卻有個不安分的靈魂，對於如此「有趣」的提案其實還是有點躍躍欲試的。

反正現在失去了王族的領導後，六神無主的人民全都賴定他了，卡斯帕忽然有種債多人不愁的感覺，自暴自棄地想，既然他們都認定了他的身分，那就把神明的角色好好演下去吧！

「好吧……可是喬納森你不要再製造那些怪物了。牠們畢竟是生命，這樣子滿可憐的，而且創造生命這已經涉及神的領域了。」

「這些小東西我還有大用，我打算讓牠們扮演『魔族』的角色。既然現在出現神明了，那麼魔族也差不多該出場了吧？」

卡斯帕驚訝地睜大雙眼，就連一直在旁默不作聲的羅奈爾得聞言也不禁動容，道：「你要讓牠們冒充魔族？」

「這想法不錯吧？只要利用得好，便能讓我們快速站穩腳步。這些怪物無論力量還是能力，都符合傳說中魔族的特徵，最重要的是，我只要一點羅奈爾得的血便能夠量產這些魔族。牠們說白了其實就是一些沒有思想的鍊金產物而已，只會跟從本能活動，根本就不是眞正的活物，所以卡斯帕你不用太在意。」

「至於你說創造生命，先不說這些鍊金製品根本就稱不上『生命』，即使牠們眞的擁有靈魂……」喬納森凝視著卡斯帕，鏡片後的眼睛透露出熾熱的光芒，「卡斯帕，別忘了你現在就是神。我作爲神的同伴，創造一些小東西出來不正是理所當然的嗎？又何必大驚小怪呢？」

□

聽到這裡，夏思思恍然大悟，「難怪你說過你與闇之神曾經是朋友……所以說

『真神』什麼的其實都是騙人的？你根本就只是個擁有光系體質的老妖怪？」

卡斯帕苦笑地說道：「思思妳可不可以不要說得那麼直白？聽起來實在很刺耳耶……」

「抱歉抱歉。」雖然夏思思嘴巴這麼說，可是看她的神情哪有半分歉意。

見狀，眞神只得嘆息道：「算了，妳就是我的剋星……這些事情我本以爲會一輩子藏在心裡，結果不知怎樣神差鬼使地便向妳坦白了。」

「那不是很好嗎？一直把事情悶在心裡也不舒服吧？」夏思思老實不客氣地爲自己倒了杯熱茶，姿態悠然得就像這是自己的房間。

聽到少女的話，卡斯帕怔怔看著窗外的明月，良久，這才以飄渺的語調喃喃自語地嘆息道：「妳說得對……有多少次我想把眞相說出來，可是面對著那些追隨我的人，面對著他們仰慕的目光……我說不出口，說不出口啊！我不知道該怎樣告訴他們我一直在欺騙大家，我其實並不是他們所期盼的神明。」

「思思妳曾經問過我爲什麼要稱之爲『眞神』，問我既然有『眞』的話是不是代表有『假』的？呵呵！那是因爲我心虛啊！所以在喬納森說要稱我爲『光明神』

時，我主動要求把稱號更改為『眞神』！」

看著卡斯帕一臉苦澀的笑容，夏思思也不知道該責怪他的欺騙，還是同情他的騎虎難下。當年那個決定假扮神明的小小少年，大概永遠不會想像得到，這一扮便是超乎預料的漫長歲月吧？

在故事中，喬納森利用羅奈爾得的鮮血創造了「魔族」，看狀況，這個羅奈爾得無論是名字還是特質，都符合闇之神的形容，就只是力量遠沒有夏思思聽聞的那麼強大而已。

夏思思很想詢問卡斯帕為什麼會與羅奈爾得決裂，那個在故事中冷酷卻不失熱血的青年，為什麼會把魔爪伸向人類？可是這個問題太傷人了，即使是素來與卡斯帕打鬧慣的夏思思，一時間也不知該怎麼開口。

看到少女欲言又止的神情，卡斯帕難得體貼地主動開口，把剩下的故事全盤托出。也許正如夏思思所言，這些祕密埋藏在他的心裡太久太久了，這又何嘗不是一種痛苦呢？

□

喬納森獻上艾布特的屍體，以求換得難民與禁衛軍的活路。對於敵國來說，逃竄的王族才是最深的威脅，只要王族尚餘一人，那麼對方仍舊有東山再起的機會。現在血脈斷絕了，剩下的殘兵與平民菲利克斯帝國還不看進眼裡。

再加上菲利克斯帝國剛收伏奧斯頓王國，也想以此事來收買人心，宣揚他們的仁慈，因此很爽快地答應了喬納森的要求。

雖然脫離了一直控制他們的艾布特，然而人在亂世中其實非常渺小，像無根浮萍般的流浪終究不是長遠之計。最後眾人決定實行喬納森曾提及過的提議，連同選擇信仰他們這個新興宗教的信徒們，遷移至菲利克斯帝國的王都！

旅程中眾人多次遇上危險，直至到達菲利克斯帝國時，人數只剩下不足五千人。然而這些人卻是與卡斯帕他們一起共患難，眞神最初、也是最忠心的信徒！

卡斯帕他們能夠安全來到目的地，喬納森所創造的魔族絕對功不可沒。牠們大量殘殺其他勢力的軍隊，令眞神一行人壓力大減。當然爲了避嫌，那些魔物的攻擊是一視同仁的，然而他們這邊的魔物卻全都被卡斯帕使用光明之力擊殺了。

於是魔族再次出世的消息便如燎原的星火般，以驚人的速度傳遍整個大陸。又因爲這些魔族都是以動物的型態出現，因此又被人稱之爲「妖獸」。

同時，利用神力多次把妖獸驅逐，保全了信徒性命的卡斯帕也因而名聲大噪，以至於剛到達菲利克斯帝國便獲得對方的友善接納。

菲利克斯帝國如同傳聞般是個美麗又強大的國家，國王更是艾布特拍馬也追不上的開明君主。這名年老的陛下雖然看起來只是個慈祥的老人，然而他不但在亂世中把國土安穩地保全下來，甚至在他的統治下還令國力進一步攀升，足見這名老人家手段的高明以及實力。

富裕的菲利克斯帝國在列強眼中已是塊香濃的肥肉，曾有不少國家忍不住誘惑向她進行侵襲，卻無一例外地被對方以雷霆萬鈞之勢進行反擊。最後這些國家侵襲不成，反倒是戰敗後被納入了菲利克斯帝國的國土中。

眞神的教派在這個安穩富饒的國家裡穩健發展，卡斯帕少年心性，以神明的身分被萬千人民所崇拜著，一開始的時候自然是忍不住沾沾自喜。可是當時間一長，少年的心情卻又從最初的喜悅、有趣，轉變成迷茫、心虛以及羞愧。看著民眾一雙雙毫不保留透露出信任的眼神，卡斯帕便覺得彷彿有塊沉重大石壓得他喘不過氣。

於是有一天，卡斯帕鼓起勇氣與喬納森說道：「我想告訴大家眞相，我不要再這樣子欺騙下去了。」

喬納森有點訝異地停下手上的實驗，隨即青年把實驗用的血液妥善冷藏好，這才把視線重新投放在少年身上，「卡斯帕，你明白這麼做的話會有什麼後果嗎？」

少年本以爲喬納森聽到他的話以後會大發雷霆，畢竟是這個男人費盡心血一手把他捧上這個位置的。然而喬納森卻出乎意料地冷靜，這讓卡斯帕稍稍吁了口氣，「我明白，可是我們總不能永遠假裝下去，要是我們坦誠向大家道歉的話，我相信能獲得諒解的。」

看著卡斯帕堅定的神情，喬納森嘆了口氣，道：「卡斯帕，你把事情想得太簡單了……也罷，既然你不喜歡的話我也不想勉強你。不過魔族的事情你務必要保密，無論當初我們創造妖獸的目的是否情有可原，以人類對魔族根深柢固的憎恨與恐懼，一定無法原諒我們的做法，即使當時我們是爲了自保也一樣！我可以肯定地告訴你，只要魔族的事情曝光，羅奈爾得便會立即成爲眾矢之的，掌權者是不會讓一個擁有如此強大力量的人活下去的！」

喬納森一番話說得卡斯帕膽戰心驚，少年連聲應允下來。本來他還打算詢問喬納森是否該把研究妖獸的實驗停止，可是想到青年沒有阻止自己想要把眞相公開的任性，既然研究羅奈爾得的血液是他的興趣，而羅奈爾得本人對此也不在意，那他就不多說什麼了。

本來按照卡斯帕的想法，只要找個機會公開向民眾坦白自己的身分，無論所換來的是體諒、質疑還是憤怒與謾罵，最終一切的事情終會過去。從此以後他便能夠卸下名爲「眞神」的枷鎖，以人類卡斯帕的身分活下去。

然而在少年與民眾坦白之前，卻發生了無法預料的意外——喬納森藏匿在實驗室裡的妖獸逃走了！

戰亂令世界充斥著各種負面情緒，這些無形的力量讓逃走的妖獸變得強悍，甚至開始以驚人的速度分裂增長。最終令卡斯帕等人的謊言成爲事實，魔族成了足以殲滅人類的重大危害！

雖然紛爭不斷的各國因爲魔族的步步進逼，開始放下成見聯手抗敵，然而卡斯帕卻完全高興不起來。只因人類團結起來的背後，所付出的是千千萬萬人民的性命；而現在妖獸已經全面失控，少年很清楚他們三人正是造成一切的罪魁禍首。

爲了保護人類，也爲了贖罪，卡斯帕再也沒有提出要向民眾坦白謊言一事，小小的少年以「眞神」的身分號令各國，祂以強大的神力拯救眾多性命，受萬民愛戴景仰。可是眾人卻發現他們尊貴的神明並不快樂，每當民眾讚美祂的偉大與仁慈時，少年雖然在微笑，可是卻總給人一種快要哭出來的感覺。

「羅奈爾得，眞的沒有辦法嗎？」妖獸失控後，卡斯帕每隔數天總會忍不住詢問羅奈爾得，能否重新掌控這些妖獸，可惜換來的卻全是男子充滿歉意的視線。

「我與牠們的聯繫已經中斷，除非我與牠們一樣被暗黑元素控制，也許才可以再次掌控牠們吧？」雖然卡斯帕的問題永遠千篇一律，然而羅奈爾得體諒少年的心情，倒是沒有表現出絲毫不耐煩。可惜每次說出口的答案都不是卡斯帕想要聽到的答案。

「爲什麼會這樣？先前的妖獸明明就沒有那麼強的能力……而且不是說牠們沒有自主的思想，只是由鍊金術製造出來的產物嗎？」

聽到卡斯帕的喃喃自語，喬納森露出一臉欲言又止的神情。羅奈爾得敏銳地察覺到同伴的猶豫，有點不悅地微微皺起了眉，道：「現在都這樣了，有什麼話就直說吧！即使再有什麼狀況，也好讓我們有個心理準備。」

喬納森也是心高氣傲的人，被羅奈爾得激了一下，便把話直說了。「你們身爲當事人難道察覺不到嗎？不光是妖獸變得愈來愈強，你們的能力也有著飛躍性的進步。」

「因爲使用的次數多了所以熟能生巧吧……難道不是嗎？」卡斯帕說著說著，信心卻在看到喬納森凝重的表情後開始動搖，最後弱弱地反問了一句。

喬納森沒有立即回答少年的詢問，而是一手托著頭，一手卻用食指一下一下地敲著桌面。三人自小一起長大，羅奈爾得與卡斯帕自然知道喬納森這個小動作，代表著青年正思考著一個難以決斷的問題，因此兩人都沒有催促他，耐著性子等待喬納森的解釋。

一時間，房間裡只剩下食指敲動桌面的聲音，一聲聲令氣氛充滿了壓抑感。就在卡斯帕忍不住想要追問下去時，喬納森卻適時開口道：「你們的力量除了使用技巧外，本質也有著明顯的提升，這絕不只是熟能生巧那麼簡單。卡斯帕的話還說得過去，可是自從來到菲利克斯帝國以後，羅奈爾得為了避嫌便再也沒有展露過他的能力，又何來熟能生巧？」

「那喬納森你的想法？」喬納森一向是三人之中最聰明的人，因此想法被喬納森否決後，卡斯帕並沒有氣餒，因爲他知道這個聰明的男人在否決的同時總會爲他們找出更加合理的答案。

「我覺得你們以及妖獸的狀況有點像傳說中神族取得力量的方法。」喬納森頓了頓，似乎想要理清腦中的思緒，隔了一會兒才續道：「當年我看過的那本記載著神明事蹟的古籍中有提及，神族的力量來源來自於人類的信仰。」

喬納森的話聽起來好像很有道理，可是卡斯帕仔細一想，卻有著無法解釋的疑點，「可是不對啊！這麼說的話，又怎樣解釋羅奈爾得與妖獸的能力增長？受到民眾愛戴的就只有我一人而已。」

似乎早就料到卡斯帕會有此一問，喬納森想也不想便道出了答案：「我認為這個想法應該沒錯，原因是卡斯帕你的能力增長應該是這兩年——正確來說是『真神』的地位穩固以後才有了明顯的增長，這正代表著你的力量與民眾的信仰息息相關，但我並不認為現在的你能夠像神族般可以直接吸收信仰之力，你所獲得的是別的東西。」

「別的東西？」

喬納森頷首道：「是的，我猜測是愛戴、敬佩、信任等加諸在你身上的正面情緒。至於擁有闇元素體質的羅奈爾得則與你相反，人民的恐懼、憎恨等負面情緒，正是闇系體質最佳的『食糧』。而妖獸是由羅奈爾得的鮮血所誕生，也許牠們也繼承了這個特質。」

在喬納森解釋後便一言不發地聽著青年分析的羅奈爾得，雖然不喜歡青年所得出的結果，但也不得不認同對方想法的合理性。「也就是說，那些妖獸會變得愈來愈凶暴嗎？因為牠們本身沒有靈魂，因而被這些吸納而來的負面情緒完全控制了，這也是為什麼牠們會懂得逃跑的原因吧？」

推了推鼻梁上的眼鏡，喬納森苦笑道：「如果我所猜測的沒錯……是的。最可怕的是牠們愈強大，人類便愈是恐懼牠們；而人類的這些負面感情卻是妖獸最好的食糧，如此下去只會形成惡性循環。」

「只能盡力而為了，還好我的能力正好是這些妖獸的剋星。」事情都發生了，現在再懊惱後悔也沒有用，卡斯帕也只得把事情往好的方面想。

喬納森故作輕鬆地聳聳肩說道：「也只能如此了，能殺多少妖獸便殺多少吧！盡量將危害減到最低。」說罷，青年不忘告誡一旁的羅奈爾得，道：「現在魔族的事情鬧得人心惶惶，而且牠們的作戰技巧很大程度是傳承自你的能力，因此你一身闇系力量已成了魔族的標誌，要謹記千萬別在人前展現你的能力，不然後果不堪設想。」

羅奈爾得一如既往地沉默著點了點頭，隨即冷聲說道：「既然沒有我的事情，那我先回去了。」說罷，便不再理會兩人轉身離開，我行我素的性格表露無遺。

確定羅奈爾得走遠後，喬納森向告辭後正要離開的卡斯帕說道：「你要小心羅奈爾得。」

卡斯帕推門的動作停頓下來，不解地回頭看向身後的喬納森。

「你不覺得妖獸除了力量增強以外，吸收了人類的負面情緒後就連性格也變得凶狠殘暴嗎？作爲妖獸血液的提供者，我不知道同樣的情況是否會發生在羅奈爾得身上。只希望一切是我的多慮！」

ch.8
反目成仇

妖獸出現後五年，在魔族的陰影下，人類終於拋棄國與國之間的界限，以民心所向的菲利克斯帝國爲首，人類的聯合國安普洛西亞王國誕生了。隨即在「眞神」所設立的教廷帶領下，一場人類大規模對抗魔族的聖戰正式展開。

有時候卡斯帕會想，自己只怕一輩子也無法脫離「眞神」這個身分了。既然無法逃離那就好好接受吧！跟隨著命運的軌跡而行，看看自己到底會走到哪裡，也另有一番趣味不是嗎？

由於身分尷尬敏感，羅奈爾得一直都不敢動用他的能力，只能以劍士的身分守護在眞神身邊。雖然男子無法在人前使用闇系力量，可無懼妖獸血毒的他在戰場上仍非常活躍，那奔馳在妖獸群中來去自如的身影，以及緊緊守護在眞神身旁的樣子，展現出令人驚歎的勇敢與忠誠；久而久之，眞神身邊有一名不畏魔族能力的勇者的傳聞便廣泛流傳開來，然而誰也不知道這位受萬民景仰，四處討伐妖獸的「勇者」，正是魔族的血脈來源！

雖然羅奈爾得不畏妖獸的能力，可他的武器卻畏懼魔血的侵蝕。偏偏隨著自身闇元素的增長，卡斯帕聖光不但無法爲羅奈爾得帶來任何幫助，甚至還讓青年受到傷害。因此當軍隊皆拿著受聖光保護的長劍殺敵時，羅奈爾得只能任由他的劍在魔血的侵蝕下不斷受到破壞，光是長劍已換過很多把了。

後來有天羅奈爾得向喬納森求助，在對方的實驗室裡拿取了不少珍貴的金屬，再混合了卡斯帕的神力以及他自身的魔力，竟然讓他打造出一把吹毛斷髮，同時能夠斬神殺魔的聖劍！

聖劍的其中一項材料是一串妖精母樹的水晶葉子，為了展現出誠意，卡斯帕與羅奈爾得親自出面到妖精原野向母樹提出請求。

想不到雙方會面後卻發現彼此的性格意外地合，明明是不同的種族卻成了很要好的朋友。母樹也是除了喬納森之外，唯一一個獲得他們全心全意信任，並且知悉二人真正身分的人。

母樹在原野寂寞已久，難得與兩人一見如故，聽到卡斯帕的請求後，二話不說便摘下一串水晶葉子送出去。母樹的水晶葉子如同一個個小小倉庫般，儲存了母樹的生命之源，把枝葉摘去雖然不至於令母樹受到大傷害，但確實是傷了一點元氣。要不是羅奈爾得的感知敏銳地察覺到這一點，兩人還一直被母樹蒙在鼓裡。

離開的時候卡斯帕與母樹握手道別，卻乘機往母樹身上導入了一股神力作爲樹葉的報酬，想不到這股神力不只彌補了失去枝葉的傷害，還讓母樹在多年後從樹根孕育出一名與眾不同的聰明小妖精。當然，這些都是後話了。

獲得聖劍以後，「勇者」的實力有了明顯的提升，殺得妖獸節節敗退。

在喬納森的有意宣揚下，聖劍成了眞神賜給勇者斬妖除魔的聖物。一時間眞神的威望攀升至一個新的高度，拚出性命奮勇殺敵的羅奈爾得的威望，瞬間便被眞神的風頭所蓋過。

爲了此事卡斯帕與喬納森吵了一架，當羅奈爾得在軍營附近的湖畔找到卡斯帕時，偉大的眞神大人正悶悶不樂地往湖面丟著石子洩憤。

看到卡斯帕孩子氣的舉動，羅奈爾得冰冷的表情稍顯柔和，平常滿布殺氣的雙眸浮現出一絲溫暖的神色。青年一身令人望而生畏的肅殺氣息瞬間消散而去，羅奈爾得本就長得英俊，只是一身殺氣，以及纏繞在身上的闇元素所形成的陰冷氣息，令人不敢親近。若有人看見此刻的羅奈爾得，一定會稱讚一聲：眞是個氣宇軒昂的出色青年！

「喬納森這麼做自有他的理由。我的身分見不得光，名聲再好又有何用？我擺在表面上的實力絕對不能高於作爲眞神的你，喬納森也只是好意想讓我隱藏實力而已。無論是我還是喬納森，現在都仰賴著眞神的名望，你是我們的首領，我們的命運早就與你綁在一起了。你名聲愈高，我們自然也有好處，有什麼好生氣的？」

「我知道，可是我不喜歡這樣，就像我搶了你的功勞似地。而且你們是我的朋友、是伙伴，不是我的下屬！」

少年的抱怨讓羅奈爾得眼中的溫暖再度柔和了幾分，道：「只要你這樣想不就可以了嗎？何況……」說到這裡，羅奈爾得連著劍鞘把腰間的聖劍解下，並將它塞進卡斯帕的懷裡，「這本就是我打算送給你的禮物，當時順手用它來斬殺了數頭妖獸而已，所以他們說你把聖劍借給我也不是騙人，這本就是給你的東西。」

看羅奈爾得把劍塞往自己懷中便放手，卡斯帕下意識便伸手把往下跌的聖劍抱住，聽到青年隨即而來的解釋後，當場傻眼，「我又不懂劍術，你把聖劍給我做什麼？」

羅奈爾得失笑道：「這把劍可說是魔力的實體，劍的形態只是方便我使用而已，你有看見我鍊製時聘請鐵匠來鑄鍊嗎？」

卡斯帕一臉驚異地打量著懷裡的長劍，道：「眞的？」

「你把神力灌注進去看看。」

少年依言把力量輸送進聖劍中，果然隨著一陣柔和的金光，聖劍緩緩改變著它的形態，隨著劍鞘等外物跌落在地，卡斯帕手中所握著的已不再是銳利沉重的長劍，而是一根祭司的權杖！

「祭司的權杖嗎？的確是很適合你的武器。」

看著手中做工精巧細緻的權杖，卡斯帕有點不滿地嘀咕：「我還期待會是更威風的武器的說……」

垂首把玩著權杖的卡斯帕感受到頭上傳來一陣輕柔的觸感，抬頭正好看見羅奈爾得收起了揉了揉他頭髮的手。只見男子很認眞地說道：「我認爲這樣很好。具有殺傷力的長劍由我來使用便足夠了。待妖獸的事情解決以後，你便使用著祭司的權杖來濟世爲懷吧！你小時候的夢想不正是想當醫生嗎？」

羅奈爾得的話讓卡斯帕感動不已，當年他也只是在閒聊間提過一下而已，想不到對方竟一直記在心裡，「我明白了，這份禮物我收下，現在就先借給你使用吧！我等待著帶著它來當濟世爲懷的祭司的一天。」

□

「等等！不是說聖物是一把劍嗎？」夏思思連忙打斷了卡斯帕的敘述，聖物可是關乎她的性命安危，少女無論如何也要先弄清楚到底是怎麼一回事。

卡斯帕聳了聳肩道：「聖物會視主人的需要幻化成最適合的形態，只是因爲歷代的勇者手持聖物時都會變化成聖劍的樣子，因此世人都認爲長劍是聖物的唯一形態而已……說起來，聖物若到了妳的手上，我早已對聖劍這個形態不抱期待了，但至少希望它在妳的手上不要變得太奇怪才好。」說罷，眞神大人幽幽地嘆了口氣。

隨即勇者也不甘示弱般跟著嘆了口氣。

卡斯帕一臉無奈，道：「我在嘆息勇者的英明也許會毀在妳手上，思思妳又在感慨什麼？」

夏思思一秒回答：「我不是在感慨，我是在慶幸！還好我到最後還是堅持著死也不學劍術，不然不就白做工了嗎？」

「……妳還眞是懶。」

「這點我從不否認。」

卡斯帕微微勾起了嘴角，隨即少年收起了笑容看著窗外的夜色怔怔出神。良久，才發出微不可聞的嘆息，道：「如果故事只到這裡爲止，妳說那有多好？」

夏思思不知道該怎樣回答，只得保持著沉默。

她早已知道羅奈爾得的結局，少女實在想像不到如此在乎卡斯帕的一個人，爲何會變成殺人如麻的惡魔，這對肝膽相照的朋友又是爲何會走到性命相拚的局面。

如果根據故事的軌跡發展，妖獸雖然麻煩但終究不敵人類一方，待事情解決以後，卡斯帕便可以放下身上的重擔，如願與羅奈爾得一起周遊列國，救助有需要的人……應該是這樣的結局才對！

夏思思知道，卡斯帕接下來所說的故事，將是他們命運的轉捩點！

因此少女屏息以待，等待著卡斯帕為故事劃上一個句號。她有預感故事的結局將會出乎自己的預料。

也許卡斯帕的停頓是因為少年需要時間來冷靜自己的情緒，但夏思思又何嘗不是？只因眞神大人的故事實在比她預期中勁爆一百倍。雖然卡斯帕只是一直陳述著他的故事，並沒有為內容做出任何解釋，可是夏思思已被其中所帶出的衝擊性眞相轟得昏頭轉向了！

眞神原本是人！羅奈爾得本來也是人類！

妖獸根本就不是所謂的魔族，而是由闇元素體質的人的鮮血，以及鍊金術所製造出來的產物！

第一代勇者並不是緋劍家族的初代家主，而是闇之神本人！

勇者的聖劍是由闇之神創造出來的！

無論哪一項只要洩露出去，都足以在大陸上引起大騷動！也足以讓卡斯帕陷入萬劫不復的境地！

雖然以眞神大人的實力，現今世上應該沒有人能拿他怎麼樣，但至少他的名聲絕對是毀了。

想到這裡，夏思思不禁感到背脊陣陣發涼。卡斯帕那傢伙竟對自己如此放心，該說不該說的都一股腦兒地全吐出來，該不會打著事後殺人滅口的打算吧？

不過少女仔細一想，要是卡斯帕嫌棄她留在這裡礙手礙腳的話，大不了把她丟回地球好了，何須殺人滅口那麼麻煩？這樣一想，夏思思立即心安理得，靜下心來等待著眞神大人接下來的故事。

只見卡斯帕嘆了口氣，露出非常悲傷的神情道：「察覺到不對勁的時候我大約十五歲，當是正值長身高的年紀，然而隨著力量的快速增長，我的成長速度竟然逐漸停止了，到了二十歲卻仍是一副少年的外表。羅奈爾得的年紀比我大，所以這變化沒那麼明顯，但我們皆心知肚明，羅奈爾得與我一樣，因爲不停吸納魔法元素，以致體質持續保持在最活躍的狀態。只要我們賴以維生的力量不滅，那麼長生不老絕對不是夢想！」

「同時我也知道我們三個人不會一直在一起了。喬納森與我們不同，雖然擁有一顆超乎常人的聰明頭腦，可他只是個普通的人類，終有一天他會比我們先老去，而我也早就做好這方面的心理準備，可是喬納森的死亡卻比我預期來得太快太突然，竟是讓我如此始料未及！」

聽到這裡，夏思思的表情也開始凝重起來。

「那天我有事情找喬納森，來到他實驗室的門前已聽到裡面傳來微弱的爭吵。我聽不到他們在爭論什麼，但聽得出爭吵得很激烈。喬納森的性格一向驕傲，從來不屑與人爭論，會讓他那麼生氣一定是很嚴重的事情。當時我心想就這樣闖進去似乎有點不適合，於是便想先離開稍後再來。怎料才往回走了數步，實驗室的門便被人猛然打開，隨即便見一道黑影伴隨著濃烈的血腥味從實驗室裡衝出來，卻是使用了闇系魔力的羅奈爾得！」

說到這裡，卡斯帕的語氣變得非常激動，「我還沒來得及反應，便看見奄奄一息的喬納森倒臥在實驗室的地上，用盡力氣向我呼喊：『卡斯帕，別讓他跑掉！』我立即便擊出一顆聖光球，那時候羅奈爾得的身體吸收了大量的黑暗元素已經完全變異了，聖光對他來說具有強大的殺傷力。可笑的是，當時我只想著把人留下來問清楚，那一擊雖然擊傷了羅奈爾得卻沒有要了他的命，甚至還因爲我的手下留情而讓他留有餘力離開。我到現在還記得當時羅奈爾得那怨毒的眼神，完全就像看著仇敵一樣，那刻站在我眼前的人已不再是我從小一起長大的同伴，而是個徹徹底底的陌生人！」

「他有攻擊你嗎？」夏思思詢問。

卡斯帕的眼神流露出複雜的神情，震驚、懊惱、難過、受騙的打擊……彷彿正看著殺傷了喬納森，背叛了他們的羅奈爾得！

「沒有……當時也許是他顧念舊情，又或許是他知道受傷後不是我的對手，羅奈爾得只是狠狠地說了一句：『卡斯帕你果然是站在喬納森那一邊！』然後便毫不猶豫地離開了。那時候我還不知道發生什麼事情，而且又非常擔心喬納森的傷勢，再加上擊傷羅奈爾得一事令我心亂如麻，雖然看著他離開卻再也下不了手去傷害他，結果就這樣錯過了把他消滅的大好機會。」

說罷，卡斯帕深深嘆息，如果當時他狠下心把羅奈爾得留下，也許往後他便不會在與闇之神的決戰中神魂受損，最終只能以召喚異界人加固封印這種笨法子來維持大陸的和平了。

「我記掛著受傷的喬納森，立即進入實驗室將倒臥在地的喬納森扶起。隨即便發現喬納森的傷勢比我想像中嚴重得多，背部深可見骨的傷口鮮血淋漓，然而那些都不是最嚴重的，足以致命的是殘留在傷口內的毒素！羅奈爾得故意把魔族的劇毒從傷口打進喬納森體內，他竟狠心要把喬納森殺死！」

「下毒容易解毒難，而且我與羅奈爾得的力量一直在伯仲間，喬納森身上的毒我只能延緩卻無法解除，甚至連爲他舒緩痛苦都做不到！」卡斯帕說到這裡停頓下來，良久，這才顫抖著低聲喃喃自語了一句：「我應該聽喬納森的話，無論如何把人攔截下來再說的，可是我卻因爲心軟而把人放跑。如果能夠成功抓住羅奈爾得，也許便能逼迫他替喬納森解毒，那麼喬納森便不會死了……」

夏思思想要安慰少年，這根本就不是他的錯，畢竟面對著一連串突如其來的變故誰能想到那麼多，當時卡斯帕的選擇確實情有可原。

可是轉念一想，以卡斯帕的聰慧，經過這麼漫長的時間以後卻仍是想不通，這深深的歉疚並不是憑她三言兩語便能開解的。相比空泛的安慰，對方現在最需要的是無言的陪伴，是一個讓他傾訴的對象。

卡斯帕續道：「我那時又急又怒又傷心，反而喬納森卻冷靜得嚇人。他用平常那種高傲淡然的語調要求我冷靜下來聽他說話，我知道他剩下的時間不多了，接下來的這番話也許便是最後的遺言，因此我邊輸出聖光爲他壓抑魔毒，邊強迫自己集中精神傾聽，深怕錯過了任何重點。」

聽到這裡，夏思思知道事情已到了最關鍵的時刻，如同當年的卡斯帕般深怕聽漏任何一個字！

「據喬納森所說，他曾發現有幾個冷藏下來的妖獸胚胎不翼而飛，早已懷疑羅奈爾得在盜取他的研究樣本。後來果然被他揭發羅奈爾得改變了胚胎的血液濃度與鍊金魔紋，偷偷鍊成了擁有人形的高階魔族！喬納森猜測當年逃脫在外的妖獸，之所以力量大增並且以驚人的速度分裂繁殖，正是因爲羅奈爾得在妖獸還是實驗體時，已在提供的血液中做了手腳的緣故。說不定羅奈爾得在那時候已經想創造出一個魔族的國度，讓繼承自己血脈的魔族取代人類統治大陸！」

雖然早有預感，可是聽到卡斯帕說出羅奈爾得的眞面目時，夏思思還是有種難以置信的感覺。故事中的羅奈爾得雖然對待敵人冰冷殘酷，但對同伴卻是默默付出關懷的人。少女實在很難相信如此的人，會這樣處心積慮地暗算自己的朋友。

於是少女便提出了疑問：「可即使羅奈爾得心機再沉，但你們是自小一起長大的摯友，難道他眞的能夠瞞騙你們這麼多年而沒有露出絲毫蛛絲馬跡嗎？」

「我也曾想過這個問題。羅奈爾得與妖獸吸取黑暗元素而變強，那這些來自人民的怨恨、恐懼、嫉妒、貪婪等負面力量聚積至某程度時，會不會影響了羅奈爾得的心性？羅奈爾得他會不會在感受到強大的力量後變得貪得無厭，希望繼續製造新的戰爭好產生更多黑暗元素，來讓自己能夠更迅速地變強？雖然這些只是我的猜測，可是……」

說到這裡，卡斯帕嘆了口氣，一雙美麗的藍色眸子充滿著痛苦，道：「我想過無數爲羅奈爾得脫罪的理由……思思，我比妳多一千倍、一萬倍希望一切只是場誤會，可是往後他對人類毫不留情地屠殺，卻已令我不敢再存奢望了。」

夏思思明瞭地點了點頭。先不說羅奈爾得本人到底是怎樣想的，光憑他殺死喬納森，以及在往後殺掉眾多人類的罪孽，他與卡斯帕已是不死不休的血海深仇了。

事情進展到這一步已經無法挽回，再追究下去只會徒惹傷感吧。難道在對戰的日子，卡斯帕沒有機會質問羅奈爾得嗎？他不是沒機會，而是不想問，不敢問啊！

夏思思忽然驚覺道：「等等！小帕，你說的人形魔族是？」

卡斯帕聞言彎起了嘴角，並露出了「啊！妳終於想到了！」的俏皮神情。少年的臉上仍殘留著明顯的淚痕，那驟然出現在淚中的笑容驚人地美麗，即使是夏思思也看得失了神。

卡斯帕並沒有回答少女的詢問，抹乾眼淚後逕自把故事接下去：「自從妖獸不受控制以後，喬納森便停止了創造新的魔族，然而本來隱藏在機關牆後的妖獸胚胎，卻不知何時換成了一名沉睡著的黑髮青年。喬納森就是因爲發現了這人，才被羅奈爾得滅口的。」

「兩人爭執了一會兒，喬納森便想要啓動裝置將那名人形魔族毀滅，羅奈爾得阻止他的時候出手擊傷了喬納森的背部。也許是出手以後反而變得毫無顧忌了吧，羅奈爾得在攻擊的瞬間，於喬納森的傷口上注入大量魔毒，還好那時候他察覺到我在門外，害怕被我堵住去路，於是便放棄向喬納森補上最後一擊，當機立斷地往外逃了。然後喬納森他……喬納森他……」

卡斯帕永遠無法忘記，喬納森強撐著被魔毒侵蝕得千瘡百孔的身體，把所有事情井然有序地交代好，然後態度強硬地要求卡斯帕祕密把他帶至王城附近的山脈。

雖然卡斯帕不明白喬納森的目的，但那時候他對男子體內的魔毒已經無能為力了，這種狀況下，少年實在無法拒絕喬納森任何要求。

卡斯帕依照喬納森的要求在崖壁上打出一個洞穴，兩人進去後，喬納森眷戀地看著遠方的王城，語重心長地說道：「卡斯帕，你能力不比羅奈爾得差，但你的弱點是太容易心軟了，我真的很擔心這一點。現在你代表著人類的希望，我無法想像你戰敗後人類一方會承受怎樣的後果。所以我要你答應我，遇上羅奈爾得後不要相信他任何花言巧語，要毫不留情地將他消滅。我就是因為錯信他才導致這種下場，你千萬不要步我的後塵。卡斯帕，我只有這一個要求，你能做到嗎？」

喬納森那張本應神采飛揚的英俊臉龐，此刻浮現出垂死的灰白，一片片看起來像屍斑似的醜陋斑紋，從背部的傷口蔓延至全身。即使身受無法言喻的痛苦，可是喬納森的雙目仍然炯炯有神，這是一個至死也非常驕傲，絕不會在死亡面前失去尊嚴的人！

看到摯友如此淒慘的模樣，卡斯帕只覺心如刀割，被背叛的憤怒，以及懷著無法拒絕同伴死前最後要求的心思，少年沒有絲毫猶豫立即應允下來。見狀，喬納森欣慰地笑了笑道：「既然無法治癒，我不要繼續任由身體逐漸腐爛後痛苦而死。高層被殺會令軍心浮動，我現在這個樣子並不宜被任何人看見……卡斯帕，你走吧！我的性命由我自己來了結，我才不要死在羅奈爾得那個叛徒的手上！」

卡斯帕張了張嘴，最終卻沒有說出任何挽留的話。他知道喬納森是個高傲至骨子裡的人，那至少尊重對方最後的心願，讓他充滿尊嚴地離開吧！

那時候的喬納森已經被劇毒折磨得不似人形，然而那雙盈滿睿智的眸子卻是不變地銳利。手持著一支足以把洞穴炸毀的爆破劑，喬納森毫不猶豫地要求卡斯帕離開，臉上的神情是痛苦終於獲得解脫的喜悅與灑脫。

「你離開以後便不要折回來找我的屍體了，我不想讓你看見我的死狀……再見了，我小小的神明。」高傲的眸子染上溫柔的笑意，一如當年喬納森戲言要把卡斯帕培養成神祇的那一天。

隨即青年轉身沒入黑暗的洞穴裡，不久伴隨著震耳欲聾的爆破聲，被喬納森激發的爆破劑發揮出強大的破壞力。卡斯帕飄浮在半空中，靜靜地看著大量的落石源源不絕地把喬納森所在的洞口淹沒，直至再也看不見絲毫痕跡後，少年這才依依不捨地離去。

雖然祂貴為尊貴的眞神，雖然祂擁有著億萬信徒，可是卡斯帕卻很清楚，從這一刻起，祂已經是孤單的一個人了。

ch.9
奈伊的身世

「然後就是妳所知道的歷史了。喬納森去世後，我率領著人類與羅奈爾得所統領的魔族展開殊死戰，最後我方稍勝一籌，成功把他封印起來。然而擁有闇系體質的他實在是得天獨厚，人類的負面情緒就是他力量的催化劑，每隔數百年，羅奈爾得便會獲得衝破封印的力量。反之，當年爲了擊敗他我也付出了很重的代價，維持封印已經耗費了我大量的神力，多年下來傷勢不只沒有痊癒反倒益發加重，還好我的手上有著揉合了神聖之力與暗黑之力所創造的聖劍。我從異世界召喚合適的人，讓他們發揮聖劍的力量把封印勉強加固了數次，可是也快要到達極限了，只怕這一次以後，我已沒有餘力再從異世界召喚新的勇者吧？所以思思，羅奈爾得必須了結在妳這一代勇者的手中！」

「……卡斯帕。」

「嗯？」

「你是說數百年便要加固一次封印對吧？果然先前你說你還不足五百歲是騙人的吧!?」

「……我什麼時候說過這種話？思思妳絕對是記錯了！」

「就在你厚顏無恥地要我把你介紹爲『弟弟』的那一次！而且你確定你是『眞神』而不是『衰神』嗎？爲什麼前幾任只是輕輕鬆鬆地加固封印的任務，到了我這一代卻要變成最老土的消滅魔王啊!?果然你這個神明根本就是帶衰的吧!?」

「我說你們這些中國人不是很注重孝悌忠信禮義廉恥的嗎？怎麼嘴巴會毒成這樣呢？」

「我們中國人還有一句名言『君子不立危牆之下』，我這樣說你會把我送回去嗎？」

「不會。」

「太過分了！你這個神明也做不到的事情，卻丟給我這個手無縛雞之力的弱女子，你不會覺得良心過意不去嗎!?」

「不會。」卡斯帕依然回答得很乾脆，少女聞言幾乎吐血，她發現自己還是低估了眞神大人厚臉皮的程度。

「說起來，我們這麼談論他沒關係嗎？艾莉告誡過我別隨意叫喚闇之神的名字。」

「沒關係，這裡好歹也是我的地盤，要是他的力量能夠隨意入侵城堡的話，那我這個眞神也太無能了。」

「喔……等、等等！你還沒告訴我，那個羅奈爾得偷偷創造出來的高階魔族是怎麼一回事。」夏思思忽然發現自己被卡斯帕牽著鼻子走，差點兒便忘記了那麼重要的事情。

「喔！那個魔族啊……他的外表比當時的羅奈爾得年輕，可是兩人卻長得一模一樣！剛被創造出來不久的他還很虛弱，沉睡在晶瑩剔透的晶石裡。這是我第一次看見如此像人、外表可說是與人類沒有任何分別的人形魔族。」

「喬納森死前交代我要把實驗室徹底毀滅，不要讓人查出魔族的事情與我們有關。反正喬納森已經不在，這間實驗室留著也沒有人使用，更何況他的筆記記錄了太多見不得光的東西。當時我本來是打算把他連同其他證據一起消滅的，然而也不知道是否感覺到我的殺意，沉睡在晶石中的魔族忽然睜開了一直緊閉的眸子，往我的方向看了過來。」

「當時我沒想到他會忽然醒來，視線立即便與他對上了。那個魔族的眼睛有著與羅奈爾得一模一樣，純如子夜般的漆黑瞳色。只是羅奈爾得的眸子包含了太多的壓抑與其他複雜的情緒，遠不如他的眼神純粹。我從未想過魔族會擁有如此清澈的眼神，面對著心生殺意的我，他的眼神不見絲毫驚惶，只有滿滿的好奇，就像頭剛出生的幼鹿，並不明白獅子的可怕……面對那麼清澈，那麼人性化的眸子，我無論如何也無法把他與那些沒有思想，只依靠殺戮本能存活的妖獸一樣毫不在乎地抹殺掉。最終我選了一個隱蔽的地方把他封印在裡面，結果……人卻被妳給放了！」說罷，卡斯帕狠狠瞪了夏思思一眼，天知道當他看到奈伊尾隨著少女闖入城堡時，他受到多大的驚嚇！

聽到一半時，夏思思已肯定當年那個引致喬納森死亡，令卡斯帕與羅奈爾得反目成仇的導火線，正是那個被她取名爲「奈伊」的魔族。雖然明知道卡斯帕最後並沒有把奈伊殺掉，可是聽到少年想要把人殺死的時候，夏思思還是覺得心臟在怦怦亂跳。

如果少女從沒有認識奈伊，說不定還會取笑卡斯帕婦人之仁，因爲一個眼神便把那麼大的隱患留下來。可現在她卻只感到慶幸，同時也很理解卡斯帕的選擇。

夏思思回想初遇奈伊時，青年看著她的眼神是如此單純直接，清澈、熱情、信任，還有滿滿的忠誠，就像頭大型犬似地讓人想要去摸摸他的頭……咳！扯遠了。

總而言之，沒有被奈伊如此凝視過的人，大概永遠也不會明白這個人眼神的「殺傷力」吧？

「說起來，奈伊的衣服還是我給他穿上的。早知道思思妳會把他的封印解除，我就任由他赤裸著算了。」卡斯帕一臉懊惱地說道，而夏思思聽到對方的話後，則露出了慶幸萬分的神情……

□

眞神的故事已到達尾聲，這個故事是否蕩氣迴腸夏思思暫且不評論，但卻絕對道出了一個現實——所謂的歷史果然都是由勝利者來書寫的！

羅奈爾得、喬納森、卡斯帕三人先是同流合污地裝神弄鬼，然後又狼狽爲奸製造了大量妖獸出來。或許他們的原意是好的，或許當時的人類確實太需要一個讓他們重新凝聚起來的理由，可是卻不能抹除掉因爲他們的魯莽而造成了妖獸失控、魔族重新現世的嚴重後果！

所謂的眞神與闇之神，這兩人根本就是半斤八兩嘛！

至於羅奈爾得的背叛確實是很傷人沒錯，可是卡斯帕卻只是聽信了喬納森的片面之詞，完全沒有給予羅奈爾得任何解釋的機會。雖然從表面看來，羅奈爾得受到闇元素的影響令性情變得陰暗殘暴，後來又偷偷研創高階魔族，最後被喬納森撞破於是憤而殺人……所有事情看起來都合情合理，可夏思思卻總覺得有點不對勁，但到底是哪部分卻又說不上來。

隨即夏思思不禁反問自己，如果是她身處卡斯帕的位置，會做出與對方相同的抉擇嗎？假如有一天奈伊突然出手把埃德加殺掉，而且還毫不在乎地公然處於人類的對立方，殺掉許許多多的人，那麼自己還能一如既往地信任著他，相信對方是無辜的嗎？

這樣子詢問自己，夏思思這才發現她的答案是「不知道」！

畢竟她是個人，是人的話總會有情緒的。同伴被殺這種事情已經觸及了夏思思的底線，更何況她信任奈伊難道就不信任埃德加嗎？面對著埃德加以性命作代價的指控，夏思思撫心自問，她實在無法像聖人般說出「我永遠相信他」這種話。

並不是說她不信任奈伊，正是因爲相信所以才不知道。如果不是出於對奈伊的信任，只怕夏思思早已毫不猶豫地做出對方一定是個喪心病狂的凶手這種定論了，畢竟做出指控的另一人已經連命也沒有了啊！

正所謂當局者迷，再堅強的人處於卡斯帕當時的位置，想必也會惶然失措吧？而且……

想到這裡夏思思雙目一亮，她終於知道到底是什麼事情令她覺得不對勁了！

不過那只是少女一個小小的猜測，萬一她的猜測獲得證實，那事情便大條了，因此她暫時並沒有把這個想法告訴卡斯帕的打算。若少年得知此刻她的心裡所想，必定會非常反感吧？夏思思怕麻煩，也沒有要故意惹人厭的喜好。

想到這裡，夏思思慢慢地把心裡的想法壓下，不懷好意地笑道：「在奈伊闖進城堡時，我就在想卡斯帕你對他的處置也未免太寬鬆了，原來你們兩人還是舊識啊！」

卡斯帕抿起了嘴，道：「我們就只有一面之緣而已，而且我還把他封印了這麼多年，與其說是舊識，倒不如說我是他的仇人還來得貼切。」

敏銳地捕捉到少年眼中的懊惱，夏思思歪了歪頭，問：「卡斯帕，你覺得對奈伊有歉疚嗎？所以當時才制止了小埃，允許奈伊以護衛的身分留在我的身邊？」

卡斯帕聳聳肩，道：「也許是有點歉疚吧，但我並不後悔。當年爲了與羅奈爾得周旋，我已經拚盡全力，要是敵方再增添一名高階魔族，人類必定戰敗。我沒有取其性命其實已經是非常仁慈了。再說我之所以替奈伊說情，除了是因爲當年不分青紅皀白便把人封印多年的補償外，其實也有觀察他的意思。我想看看他會不會像當年的羅奈爾得一樣，因爲吸收太多闇元素而導致性情大變？我想要知道答案。」

夏思思的臉色變了，道：「所以說，你讓奈伊留下來其實是爲了做實驗嗎？」

「對不起，這事確實是我的私心，存有利用思思妳的想法。但是如果我把事情如實向妳相告，妳會把奈伊重新封印回那些冷冰冰的晶石裡嗎？」

夏思思愣了愣，隨即搖首說道：「不會，即使你明說，我還是會把奈伊留在身邊吧。可是你也不應該對同伴耍這種小心思，讓人怪不爽的。」

聽到少女的話，這次卡斯帕很認眞地點點頭：「是我錯了，以後會注意的。」

如果被教徒看見勇者把眞神責怪了一頓，而尊貴無比的眞神大人還乖乖地道歉的話，必定會以爲自己還沒睡醒。可夏思思卻覺得理所當然，並且心安理得地接受了卡斯帕的道歉。只因在少女心目中，從來就不覺得卡斯帕高人一等，她並不信奉所謂的「神」，只是單純喜歡卡斯帕這個「人」而已。

「我接受你的道歉。既然有歉意那就好辦了，你就乾脆告訴我最後兩片聖物碎片在哪裡吧！那張地圖我實在看不太懂。」

「思思妳……還眞的毫不放過任何偷懶的機會啊……」

「我老啦！早已過了熱血上衝便興致勃勃地衝動行事的年紀。」少女的眼神瞬間滄桑起來。

「妳才剛過十八歲生日而已！而且妳這條懶蟲眞的有過熱血的時期嗎？」卡斯帕滿臉黑線地吐槽。

夏思思不屑地撇了撇嘴，顯然對卡斯帕的話不以爲然：「能讓自己省一點氣力的話何樂而不爲？能省不省的事情只有傻子才幹吧？你看我像傻子嗎？」

「我看不見傻子，只看見一條懶蟲。」卡斯帕小聲嘀咕了一句，隨即正起了臉說道：「思思，我不是故意隱瞞碎片的下落，而是我不能對妳說。這個世界有著它的『法則』，能力愈高的人所受的限制與約束便愈大。歷代的勇者必須從帶有預言能力碎片所顯示的方向去尋找，只有順從命運的軌跡才不會違反法則規定……說起來，思思妳的運氣眞不錯，第一枚獲得的碎片便是最關鍵的那枚，曾經有一任勇者尋到第三枚的時候才遇上預言碎片，結果那次差點來不及加固封印了。」

「那麼那張地圖是怎麼來的？」

「我怎知道。」眞神大人也很納悶。

「……眞是不負責任的言論……等等！可是我到妖精原野拿取那枚令人產生幻覺的碎片時，那金綠眸子的小妖精曾經提及過，母樹手中的碎片是羅奈爾得交給她保管的？」

卡斯帕輕輕垂下眼簾，道：「那片碎片是不同的，無論它散落在哪個地方，最終都會回到母樹的手中。當年羅奈爾得以母樹的一串水晶葉子作骨幹，揉合我們兩人的神力製造出人們口中的聖物。那時候我們與母樹成了摯友，由於在戰爭時禍福難測，再加上聖劍的力量實在過於驚人，爲免這些強大的力量落在心術不正的人手中，於是我們在聖物上附上神識與烙印。萬一我們兩人都死去的話，聖劍便會自主來到母樹手上認她爲主。後來羅奈爾得被封印以後，聖物被一分爲五，四散在世界各地，可是其中一枚碎片卻包含了我們當年所下的印記，附有印記的碎片會自主前往妖精原野，多年來都是如此。」

「那我從母樹的手上取得碎片以後，新的預言應該出現了吧？」她只看出地圖上其中一枚碎片在龍之谷，另一枚的位置依然成謎。

卡斯帕笑了笑，隨即眞神大人那完美得令萬千少女羨慕嫉妒的纖纖玉手輕輕一揮，便見牆壁上投射出一個小小的祭壇，預言之鏡正靜靜地安放在祭壇上。

祭壇滿布華麗氣派的雕刻，散發著淡淡珍珠光澤的象牙色祭壇看不出是用什麼材料製造。影像中的光線很暗，就只有祭壇以及預言鏡散發著淡淡的微光，也不知道是祭壇本身會發亮，還是這是卡斯帕用神力造成的效果。

「你把它放到哪裡去？」

「放心，所有碎片全都存放在教廷的總部，很安全的！」

夏思思點了點頭，其實她只是好奇而已，對聖物碎片的安全倒是沒有任何疑慮。她相信教廷對待碎片的重視程度，絕對會比她這個勇者強百倍，交給對方保管夏思思放心得很，若是碎片在她手上的話，她頂多把它鎖進抽屜裡而已。因此少女並沒有花太多心思在這個似乎有著守護效果的祭壇上，很快便將注意力投放在預言鏡上的光與影。

「星辰墜落於野獸之地，綠色種族將爲星星的引路者。白色淡化殺戮的紫，森林的榮光即將重現。」

「……什麼意思？」完全聽不明白好不好!?

「妳猜呢？」卡斯帕說出令人聽到以後只會覺得更加鬱悶的一句話。

夏思思恨得牙癢癢，偏偏打又未必打得過卡斯帕，用權力壓人，人家卻又是她的頂頭上司。於是少女眼珠機伶伶一轉，立即變臉似地換上一張討好的笑臉，道：「卡斯帕你對我那麼好，又是教我魔法的老師，一定捨不得讓我這個可愛的徒弟因過度使用腦細胞而死的，對不對？」

「……我倒是比較擔心長此下去，妳會懶得腦退化。」

諂媚的笑容立即消失，夏思思怒氣沖沖地說道：「好過分！難道我難得的生日你也不肯遷就一下我嗎？」

無論面對著夏思思的懷柔還是高壓政策，卡斯帕依舊是一副無動於衷的樣子，軟綿綿地揮了揮手道：「現在已經過了十二點正，明年請早。」

夏思思霍地站起來，「已經這麼晚了!?難怪我睏得不行……我要回去睡了！」

卡斯帕嘴角一抽，不禁慨嘆夏思思對吃與睡的驚人執著。

□

默默地看著夏思思離開的方向出神，良久，卡斯帕忽然看著半開的窗子笑道：「別躲了，出來吧！偷聽別人說話並不是個好習慣喔！」

窗子外完全沒有任何可以落腳的地方，再加上少年所住的樓層又高，理應是沒有人能夠從窗外偷聽才對。然而卡斯帕的語調卻很自信，絕不是空洞的威嚇與試探。

隨著少年的話，一顆散發著金色微光、在夜色中顯得特別耀眼的種子從窗外飄進房裡。

如果此刻有外人在場必定會嚇一跳，只因在種子飄進房間的時候，窗戶兩旁的窗簾竟是沒有絲毫動靜，這說明根本就沒有風吹動，可種子卻在隨風飄浮！看似尋常的場面卻處處透露出詭異！

面對著無風自動的金色種子，卡斯帕並沒有驚訝害怕，反而露出了親切的笑容仰首笑道：「好久不見了！」

一個清脆的女性嗓音響起道：「是眞的好久不見了！結果這麼多年你也不來看我，我又不能隨意走動。卡斯帕你這個寡情薄倖的負心漢！」說著說著，女聲那本來明快的語調逐漸變得幽怨起來。

「妳別胡說，誰是負心漢啊……」回到房間獨處時總愛恢復原貌的眞神，臉上那白皙如雪的肌膚浮起淡淡的紅暈，在夜色的襯托下更是美艷不可方物。還好現在夏思思人不在，不然以少女的性格必定忍不住以此來打趣卡斯帕，然後對自己那副美得驚人的容貌非常自卑介意的眞神大人便會開始發飆……

卡斯帕的反應似乎取悅了聲音的主人，幽怨的女聲再度變得活潑起來：「嘻！說你是負心漢你別否認，要不是我主動來找你，撫心自問，你會過來探望我嗎？」

對方不說還好，她一說卡斯帕倒是想起了什麼，隨即反過來教訓她道：「妳還說！這枚原野種子是妳把聖物碎片交給思思時動了手腳，把它藏在碎片裡面吧？眞是太胡來了！碎片離開身體後妳的力量會驟減，這時候應該讓身體好好休息才對，妳應該很清楚的！」

從種子傳出來的聲音的主人，正是妖精族的母樹！

聽得出卡斯帕是眞的生氣了，被少年責罵的母樹卻沒有任何不愉快，反而感到滿心溫暖。妖精原野本就是個封閉的地區，作爲樹木的她又沒有隨意走動的雙腿，她已經很久沒有感受到被朋友關懷擔憂的感覺了！

雖然她的四周包圍著眾多可愛的小妖精，孩子們敬她愛她，從未讓她感到寂寞，但是與同地位的朋友玩樂打鬧的快樂是孩子們無法取代的。

母樹可憐兮兮地說道：「你別生氣，我想念你們嘛！誰教你食言，那麼久也不來看我。」差不多的內容，先前的語調充滿了抱怨，這次卻有著討好的意味。

聽著母樹刻意討好但其實卻沒有多少反省心思在內的話，卡斯帕無奈又懊惱地揉了揉額角。雖然母樹是個生下無數孩子的母親，以她的年紀，足以做夏思思的曾曾曾曾……不知道曾多少代的曾祖母了。偏偏妖精原野與世隔絕，母樹又是嬌憨沒心機的性格，相較於心思複雜的人類，她簡直是個還沒長大的孩子，做事永遠隨心所欲不顧後果，每次犯錯也總是口頭上道歉，然而轉眼間便把教訓忘記了，卡斯帕實在拿她這種性子無可奈何。

而且，母樹的話有一點讓卡斯帕很在意……

「妳所指的『你們』，是包括羅奈爾得嗎？」

母樹靜默了一下，隨即笑道：「包括羅奈爾得喔！」

ch.10
母樹的回憶

卡斯帕皺起了眉，故友重逢的喜悅頓時消散，就連聲音也冷淡了下來，道：

「他是領導魔族殘害人類的首領，是殺掉我朋友喬納森的凶手！」

母樹沉默了一下這才回答：「對卡斯帕你來說這些確實是無法原諒的事情，可是對我來說，我並不認識喬納森，魔族也從沒侵犯過妖精原野，也許我這麼說在卡斯帕你的立場看來很自私，可是、可是羅奈爾得從沒有對不起我。何況我也不相信他會做出殺友這種事，也許只是誤會……」

母樹的話讓卡斯帕心中一動，好像捕捉到一樣很重要的東西，但卻怎樣也想不出到底是什麼事情讓他生出這種異樣的感覺。

然而很快地，母樹一番話所帶來的怒氣立即打消了卡斯帕那靈光一閃的異樣感，只見少年僵硬地說道：「誤會？怎麼可能是誤會？喬納森死了！」

聽到少年的話，母樹也不好再說什麼。她體諒對方的心情，也明白他的痛苦，可是身為羅奈爾得的朋友，她至今仍然無法相信羅奈爾得會這樣做，無法相信那個擁有鋼鐵般意志的男人會輕易受闇元素的影響擺布，無法相信那個外表冰冷無情，但其實比誰都更在乎卡斯帕的羅奈爾得，會做出背叛少年的事情！

母樹至今仍記得第一次與他們相遇時的情景。

那時候她剛剛能夠化身爲人形不久，初嘗化形樂趣的母樹有事沒事就變成妖精的樣子混跡在孩子群中，全然不覺得自己作爲母親以這種形象示人有什麼不妥。

然後有一天，那兩個人闖進來了。

那是一名黑髮黑瞳、眼神銳利如刀刃般的青年，以及長相絕美，藍寶石似的眸子清澈如水的少年。

這是母樹首次遇見外來者，雖然她從沒見過人類，但能夠化身人形的她已擁有了對美醜的觀感，看到卡斯帕時，母樹立即便覺得這少年的外貌吸引著她的視線，讓她很想要親近。

母樹的性格本就率性而爲，生出親近的心思便立即付諸行動。妖精們看見母親往兩人的方向走去，也立即鬧哄哄地跟了過去。可憐卡斯帕二人才剛進入原野，便被一大群妖精包圍，前後左右全被小小的妖精圍堵得水洩不通。

偏偏這些孩子看起來沒有惡意，打又不能打，勸又勸不走，不止卡斯帕，就連總是殺氣騰騰的羅奈爾得也露出了不知所措的神情。

兩人面對妖精預料外的熱情而慌亂了一會兒，卡斯帕這才想起此行的目的。慶幸著妖精們的不怕生，少年雙手握上最接近他的妖精的腰間想要把他抱起，怎料妖精的外表雖然有人類三歲幼兒般的大小，但體重卻輕如貓兒，卡斯帕稍微用力便把孩子凌空架了起來。

這個姿勢正好可以讓兩人處在同等高度面對面說話，而且妖精身輕，卡斯帕維持這動作不但一點兒也不辛苦，還有種彷彿化身大力士般的成就感。於是少年乾脆保持這個動作詢問：「你好，我們是來找你們的母親的，可以帶我們過去嗎？」

雖然卡斯帕二人一眼便看到母樹那大得驚人的軀幹，以及閃爍著七色虹光的水晶葉子，但他們終究有求於人，基本的禮數還是要有的。

只見被架起的小妖精只是一開始有點不適應地踢了踢凌空的雙腿，隨即不但一點兒也不害怕，還回以少年一個大大的笑容道：「我就是母樹，是他們的母親啊！」

「咦！」非常難得地不只卡斯帕，就連羅奈爾得也囧了……

回憶起當年兩人被眞相刺激得不知所措的樣子，母樹不由得輕笑起來。

她依然清楚記得，卡斯帕是怎樣興致勃勃地與她一起挑選化形時的相貌。結果最後卻是不耐煩的羅奈爾得隨手一指，便從眾多眞神大人描繪出來的美人圖中爲她挑選了現在的容貌。

仍記得看著羅奈爾得在聖物身上花費了無數心血，卻在事後得知青年毫不猶豫地把它送給了卡斯帕時她的驚訝。

仍記得性子冷漠喜靜的羅奈爾得，是怎樣耐心包容著她與卡斯帕的胡鬧，記得他們曾經一起仰望星空，爲一顆又一顆沒有名字的星辰命名。

一切的事情她都記得，三人在一起的回憶彷如昨日般清晰。

已經……回不到過去了嗎？

難得的相會，最終卻因見解不同與卡斯帕鬧得不歡而散的母樹，發出一聲輕柔的嘆息，隨即被母樹意念所依附的金色種子，緩緩飄離卡斯帕的房間。

卡斯帕沒有對母樹做出任何挽留，這些年來他不是沒想過羅奈爾得也許有著他的苦衷，但無論如何都絕不是他殺死喬納森的理由。喬納森死了，而羅奈爾得仍活著，而且還站在魔族的一方與人類對立，這是個永遠也解不開的死結。

卡斯帕並不怪母樹對羅奈爾得的信任，也許沒有喬納森的話，他也會像母樹一樣盲目地信任著羅奈爾得吧？

羅奈爾得的背叛是個血淋淋的傷口，這麼多年來他首次與別人說及羅奈爾得與喬納森的故事，與夏思思的一番話勾起了太多過往的回憶。本以爲相隔了那麼久，所有事情應該都看淡了，想不到再次回想起喬納森因羅奈爾得而死的一幕，卡斯帕的內心仍是撕裂般地痛。

此刻他只想要獨自一人靜一靜，少年很清楚這次的爭論也許傷到母樹的心，但他眞的不想再談下去了。或許當一切結束以後，他再親自到原野向母樹賠罪吧？

無論是他還是羅奈爾得，相鬥了這麼多年，雙方的神力已消耗得幾近枯竭，這一代的神魔戰爭必須分出勝負了。

吹著夜晚清涼的微風，卡斯帕遙遙仰望著星空笑道：「思思，我可是把身家性命都全押在妳這個勇者的身上了喔！」

□

第二天早上，當素來好吃好睡的夏思思頂著一雙熊貓眼出現時，所有人都被她的樣子嚇了一跳。

同樣一夜無眠，卻因神力的功效而看起來精神奕奕的卡斯帕，看著夏思思憔悴的臉色暗暗好笑，心想她昨晚還裝出一臉沉著淡然的樣子，可內心根本並不如表面般平靜嘛！

「思思妳昨晚沒睡好嗎？」黑色忠犬立即表現出對少女的關心。

安朵娜特卻幸災樂禍地笑道：「還是妳得罪人，這黑眼圈是被人打出來的？」

夏思思向奈伊說了聲「沒事」，隨即禮貌地向眾人道過早安以後，便悠閒地坐到自己的座位上，先看了看餐桌上的早點到底是什麼菜色，然後才把視線投往公主身上。

蔑視！赤裸裸的蔑視!!

看到夏思思竟然先關心早餐吃什麼更多於關注自己的譏諷，安朵娜特頓時有種一拳打進棉花堆中使不出力的難受感，自己剛才的舉動變得像小丑般地可笑。

只見夏思思打量了公主殿下一眼後，便不鹹不淡地說道：「我說殿下臉上的妝也塗得太多了吧？還是說殿下妳得罪人，這紅色是被人打出來的？」

「妳！妳這個人怎麼這樣子說話？我剛剛只是出於好心關心妳而已！」安朵娜特怒氣沖沖地指責。

夏思思一臉無辜地說道：「殿下妳爲什麼動怒呢？我也同樣是出於好心關心妳而已。」

被夏思思以同樣的手段還擊，安朵娜特頓時想不出任何反駁的話來。眾人失望地看到公主殿下的臉紅了又黑、黑了又紅，最終竟能忍下這口氣不再說話，逕自坐著生悶氣。

似乎經過多次敗戰後，安朵娜特已充分理解到自己根本就不是夏思思的對手，也就不繼續找虐了。

有點可惜沒了熱鬧可看，凱文好奇地盯著夏思思的黑眼圈，道：「思思妳昨晚失眠了嗎？」

「嗯，在想東西，所以睡得不太好。」

「眞稀奇，思思妳也有煩心的事情嗎？」艾莉驚奇的神色怎樣看怎樣欠揍。

夏思思挑了挑眉，道：「爲什麼妳這句話我聽著總覺不爽？」

艾莉的眼裡滿是笑意，道：「怎會呢？我可是眞心在讚賞思思妳喔！對於妳的不拘小節，我一直都很欣賞的。」

「其實妳是想說她沒心沒肺吧？」眾人不約而同地於內心吐槽。

安朵娜特不由得「嗤」地一聲笑了出來。心想艾莉這個醜女平常總是口無遮攔，十年如一日地招人討厭，可今日總算做了一件討喜的事情了。

「謝謝！」某人很厚臉皮地把對方的取笑嘲弄當成是讚賞照單全收。

「……」

「到底是什麼事情害思思妳連覺也睡不好？該不會是思春了吧？」聽起來滿針鋒相對的話繼續從艾莉口中吐出，不過熟悉少女的人都知道她素來說話就是這樣子，並不存惡意。

「這個嘛……」夏思思故意把話說得含糊不清，想要讓卡斯帕緊張一下，怎料少年祭司卻仍舊老神在在地享受著香濃的紅茶。見狀，夏思思深感無趣地撇了撇嘴，接著半眞半假地續道：「昨晚心血來潮到神殿看看預言鏡，結果卻看到新的預言了。」

眾人聞言立即精神一振，道：「是怎樣的預言？」

「星辰墜落於野獸之地，綠色種族將爲星星的引路者。白色淡化殺戮的紫，森林的榮光即將重現。」夏思思把昨晚所見的預言複述一次，隨即眾人便陷入了沉思之中。

艾維斯首先道出他的猜測：「先前預言曾把五枚聖物碎片比喻爲五顆星星，那同樣把這次預言中的星辰替換成碎片的話，也就是說碎片正處於一個名爲『野獸之地』的地方……國內有名字與野獸有關聯的城鎭或區域嗎？」

布萊恩國王回答道：「沒有。所有城鎭的名字我都記得，當中沒有任何與野獸有關的。」

年輕國王的話讓眾人肅然起敬。安普洛西亞王國的城鎭與地名加起來到底有多少個他們不知道，但數目絕對不少。布萊恩願意花費心力把它記下來，至少表示出這位領導者有將轄下的地區記掛在心裡。

凱文猜測道：「會不會是指『野獸很多的地方』？」

艾莉皺起了眉道：「這個形容也太廣泛了吧？」

夏思思歪了歪頭道：「會不會是名勝？某地區的岩石看起來像野獸，傳說月圓之夜會化身成狼人到處襲擊一些已婚的大媽……」

「那麼重口味!?這種傳說妳從哪聽來的？」凱文震驚了。

少女回答道：「剛剛胡亂編的。」

「……」

布萊恩國王再次展現出對管轄地方的熟悉程度，一言否決道：「國內沒有這類型的名勝古蹟。」

聽到這裡，安朵娜特不耐煩地道：「說不定預言所指示的地方，根本就不在安普洛西亞王國的領土呢！你們再想也想不出什麼來。」

公主殿下的話一出，眾人立即雙目一亮，所有視線全都「刷刷刷」地往她身上射去，這令被眾人看得有點緊張的少女結巴地問道：「怎、怎麼了？我又沒有說錯，完全沒有頭緒的事情你們想破頭也想不出來的。」

「不！這次我覺得殿下妳眞是太聰明了！了不起！」艾莉雙手一拍，毫不吝惜她的讚賞。

雖然不明白女騎士爲什麼會突然表揚自己，但安朵娜特還是立即將對方的讚揚照單全收，道：「當然！我素來都是個聰明人……等等！妳說『這次』是什麼意思？我一直都是這麼聰明的好不好!?」

一直坐在公主旁邊一言不發的葛列格倏地皺起了眉說道：「妳先把湯喝完再說話，放涼了對身體不好。」

未婚夫明顯透露著關心的責備，立即讓炸毛的公主殿下瞬間恢復成順毛的狀態，在眾人目瞪口呆的注視下，很淑女地小口小口喝著熱湯，還趁空討好地向葛列格甜甜一笑。

熱戀中的情侶形成了誰也無法介入的獨特空間，眾人很理智地忽視了兩人的眉來眼去，逕自繼續著「野獸之地」的討論。

夏思思迫不及待地詢問著常年遊走於各地，眾人之中最見多識廣的聖騎士長，道：「如果預言中的野獸之地並不在國內，也就是說也許是人類以外的種族領地？小埃你有頭緒嗎？」

如果說「野獸之地」並不在安普洛西亞王國的範圍，那就只能往其他種族身上去猜想了。

埃德加想了想，不確定地說道：「說到野獸的話，我想成年後能夠自由轉換人類與獸類形態的獸族，應是當中的佼佼者。也許預言所指示的地方，正是獸族的領地『石之崖』也說不定。」

「獸族？是像野獸般茹毛飲血的種族嗎？」夏思思立即很失禮地幻想出一個外表像猩猩、手持石斧、全身長滿毛，只在腰間圍了一塊獸皮的野人。

凱文笑著糾正勇者的錯誤觀念，道：「不，雖然他們是個率性而為，同時擁有人與獸類特質的種族，但獸族的智力並不比人類低下。他們的規矩沒有人類多，但也有著自身的種族秩序，絕不是茹毛飲血的種族。」

聽過凱文的講解，野人的想像圖悄然消失，隨即轉變成一個虎頭人身，穿著燕尾服的怪物……

眾人並不知道一番解說下，勇者的腦中已植入了一個超糟糕的形象。埃德加思索了一會兒，隨即從空間戒指中取出了一張山脈的地圖，道：「獸族的領地『石之崖』距離王城不遠。獸族雖然不如精靈族般用魔法把領地完全封鎖，可是人類已經早早絕跡於石之崖所處的山脈，兩族中斷來往已有多年。」

夏思思保持著她一貫兵來將擋水來土掩的樂觀論調，道：「既然只是中斷來往，我想我們以人類代表的身分前往石之崖進行探訪，應該不至於會被人打回來吧？雖然不確定石之崖是否是預言中的『野獸之地』，但我認爲試一試也無妨啊！」

說到這裡，夏思思好奇地詢問：「說起來，爲什麼獸族會與人類中斷來往？」

凱文有點惋惜地說道：「在人類各國仍未統合的時期，聽說很久以前菲利克斯帝國的某任女王獲得了獸族的友誼，那時候雙方世代交好，關係本來非常融洽的。可惜在人類帝國安普洛西亞王誕生後，獸族卻出現了非常大逆不道的言論。」

「大逆不道的言論？」

凱文嚴肅地頷首：「是的，當時獸族聲稱眞神並不是眞正的神族，只是擁有元素體質、身具強大力量的人類而已。」

夏思思「噗」地把口中的紅茶全噴出來，隨即咳嗽不已。

坐在少女對面的聖騎士長及時閃過夏思思的紅茶攻擊，邊示意侍女收拾殘局，邊不滿地冷冷問道：「怎麼了？」

夏思思心虛地道歉道：「抱歉，剛剛不小心嗆到了。」

埃德加不疑有他，卻不知夏思思的心裡掀起了怎樣的驚濤駭浪。經過昨晚的開誠布公，別人不知道卡斯帕的底細，她還能不清楚嗎？只是據卡斯帕所說，當年他冒充神明之時神族已經消失多年，那獸族又怎能確定眞神是冒牌貨？

於是夏思思問：「獸族有什麼依據嗎？」

凱文嘆了口氣，道：「他們倒是有立場說這種話。因爲獸族的王是頭火鳥，火鳥擁有著衰老以後可以於烈火中重生的神奇能力，獸族更擁有一枚能夠讓靈魂繼承記憶的神器『時之刻』。曾親眼見證過神祇在世的種族，除了長壽的龍與精靈外，便要數這位重生了無數次的獸王了。」

「對於無根據的謠言教廷也許還能一笑置之，偏偏獸族對眞神的質疑有著高度的確信性，如此一來，教廷便無法沉默了。聽說這件事在當年引起軒然大波，差點便引發了種族戰爭。最後雙方雖然克制著沒有出手，但卻從此變得不再往來了。」

夏思思偷偷瞄了卡斯帕一眼，不禁暗暗嘆息。當時卡斯帕的心情一定很複雜吧，因爲自己的原因差點引起種族戰爭，偏偏騎虎難下的他卻無法道出眞相。

隨即夏思思更暗暗爲少年慶幸，還好當時的事件以和平的方式落幕，不然以卡斯帕的性格，只怕會義無反顧地把事情和盤托出。沒有任何依據，可夏思思就是覺得卡斯帕會這麼做！

不想繼續這個話題，夏思思轉而談論預言中所提及的另一個種族，道：「那『綠色種族』是？」

艾維斯道：「這個比較容易猜，十之八九說的是精靈族，畢竟精靈一直被譽爲『森林的寵兒』，說到綠色種族的話，首先便會想到精靈了。」

尾聲

接下來討論著預言後半部分的眾人一無所獲，最終一致決定先到「石之崖」去碰碰運氣。

離開時，夏思思心血來潮喚停了走在前頭的奈伊：「奈伊，等一下！」

青年停下腳步，疑惑地回首看向身後的少女。門口被兩人擋住，走在最後頭的卡斯帕也隨之停了下來。

「思思？」

「奈伊，你還記得你被封印以前的事情嗎？」

雖然夏思思背對著卡斯帕，但少女仍能感受到她的話脫口而出以後，背後之人的緊張。

身為對情感波動特別敏銳的魔族，奈伊也同樣察覺到卡斯帕的反常。看了看夏思思，再看了看她身後的少年，青年臉上疑惑的神情更濃了。即使如此，奈伊還是沒有多問，乖乖回答道：「我沒什麼印象了，從我有記憶開始便一直待在晶石裡。只記得一開始我身處一個很黑暗的房間，那時候初生的我很嗜睡，偶爾清醒的時候總是看見一個模糊的人影。不過從我被移往山洞後便再也沒有見過那個人出現了，我想他就是封印了我的人吧？」

「奈伊你還記得那人是什麼樣子嗎？」

奈伊苦苦思索良久，隨即搖了搖頭，道：「不記得了。當時我的意識還很模糊，只記得是個長得很美的人，有著一頭月光似的淡金髮絲，就像黑夜裡的月光一樣。」

「那……你恨他嗎？」

青年聞言愣了愣，隨即毫不猶豫地答道：「不。」

兩人的對話對卡斯帕來說就像場審判一樣，聽到奈伊說出期待的答案時，少年是很高興的，可是卻又不由自主地懷疑道：「爲什麼？那個人毫無理由把你封印了那麼久，讓你一直孤獨一人，爲什麼你不恨他？」

奈伊不明白他們爲什麼會忽然執著於這個問題，但感受到兩人對這件事的看重，奈伊很認眞地想了想，這才回答：「我也不清楚……大概是因爲……我現在已經不是孤單一人了吧？」

看著訝異地睜大雙眼的兩人，奈伊有點不好意思地笑道：「如果我沒有被封印的話，也許就無法遇上思思妳，也無法認識伊修卡、埃德加、艾莉、凱文、艾維斯……無法像現在這樣擁有那麼多同伴了吧？所以對於那個人，其實我是挺感激的。」

此時走在前面的同伴發現到奈伊等人站在門口沒有跟上來，艾莉於是俏皮地把雙手放在嘴邊作喇叭狀，遠遠地大聲詢問：「奈伊，怎麼了嗎？」

夏思思向奈伊擺了擺手示意他可以離開了，青年便回首笑著向艾莉大聲回答道：「沒事！我們過來了！」

看著往同伴小跑過去的奈伊的背影，那身影彷彿已經與清晨的陽光融爲一體似地，散發著生命的活力，沒有人會在看到這個人時想像到任何黑暗與負面的事情。

然而偏偏，他卻是名魔族。

卡斯帕如釋重負地吁了口氣，隨即向夏思思感激地露出了眞摯的笑容。

「思思，謝謝妳！」

《懶散勇者物語‧卷六》完

後記

各位好！很高興與大家在《懶散勇者物語06》見面！

剛剛出席了香港書展舉辦的簽名會，雖然已經不是第一次，但仍然有點緊張，在緊張之餘亦非常高興有機會與一眾讀者朋友接觸，眞是非常感謝大家的支持！

還記得去年的書展正好遇上颱風，今年總算天公作美，雖然中間零星仍有下雨，可是以雨季來說，天氣還算是不錯的了。這一次我與朋友早一點到達會場逛逛。場內很熱鬧，人好多也滿擠的。另外，簽名會時妹妹與她的男友忽然出現，我完全不知道他們會來耶！意外驚喜呢XD

以前一直以爲作家就是一種宅在家裡寫作、完全不用與別人接觸的職業。直至出了商業本以後，才發現原來作家也有不少與讀者接觸與互動的方法，例如臉書、部落格、噗浪、簽名會……雖然本身不算很擅長與別人接觸的人，但我還是非常珍

惜與各位互動的機會。歡迎大家來我的部落格、臉書與噗浪留言喔！（作者簡介那裡有列出網址）

雖然我未必能夠回覆所有留言，但還是會盡量把大家的留言都看一遍的！

很開心在這次的簽名會裡看見一些去年也有參與的舊面孔，謝謝你們一直支持我！另外，有幾位讀者朋友給我的印象頗深的：

有一位說希望能像我一樣當作家的讀者，寫作加油喔！祝你靈感滿滿。

有位名字與我的本名很相似的讀者，非常感謝你的支持！

有送我漂亮圖畫的幾位小妹妹，很漂亮的圖畫，我會好好保存的。

有一位告訴我將會出書的讀者，加油喔！預祝你的小說大賣！

也有一位陪伴女兒來取簽名、懷孕中的媽媽，經交談後才知道，她們誤會了簽名會的時間還特意抽空再來一次，眞是不好意思，辛苦了！（感動～）

□

七月底便是古箏考試的日子了！現在已經開始緊張。雖然早已知道考試會分彈奏以及口試，口試方面包括：節奏、視唱、音階考題（概述與樂曲分析），可是我一直以爲回答考題時是說廣東話的……直至上星期老師才告訴我，由於考官聽不懂廣東話的關係，所以答案要說國語!!

晴天霹靂！要是各位有參加我在一月份於台灣舉辦的簽書會，應該知道我的普通話是什麼水平了……而且那些答案有不少詞語也滿深奧的，就連詩詞歌賦都有。有些詞語我用廣東話說出來都不敢說是正確了，更遑論要用普通話……囧

經此一役，我發現GOOGLE的翻譯功能眞的好有用！

請大家祝福我能夠順利通過考試吧！希望當天能夠淡定，喝多點紅茶能有幫助嗎XD

□

從未出場的終極大BOSS闇之神羅奈爾得在這一集佔了不少戲分，他與卡斯帕以及喬納森的恩怨情仇也終於浮出水面！當中有不少隱祕也會在這一集中揭露出來。

例如闇之神與眞神一開始的時候並不是神明，只是力量強大的人類而已；例如妖獸其實是闇系體質的人的血液附以鍊金術所鍊製出來的產物；又例如奈伊其實可說是羅奈爾得的複製人！

思思來到異世界已足有一年了，隨著時光的流逝，闇之神的封印將會逐步減弱，這位不一樣的勇者能夠把闇之神徹底消滅嗎？請大家拭目以待吧！

香草

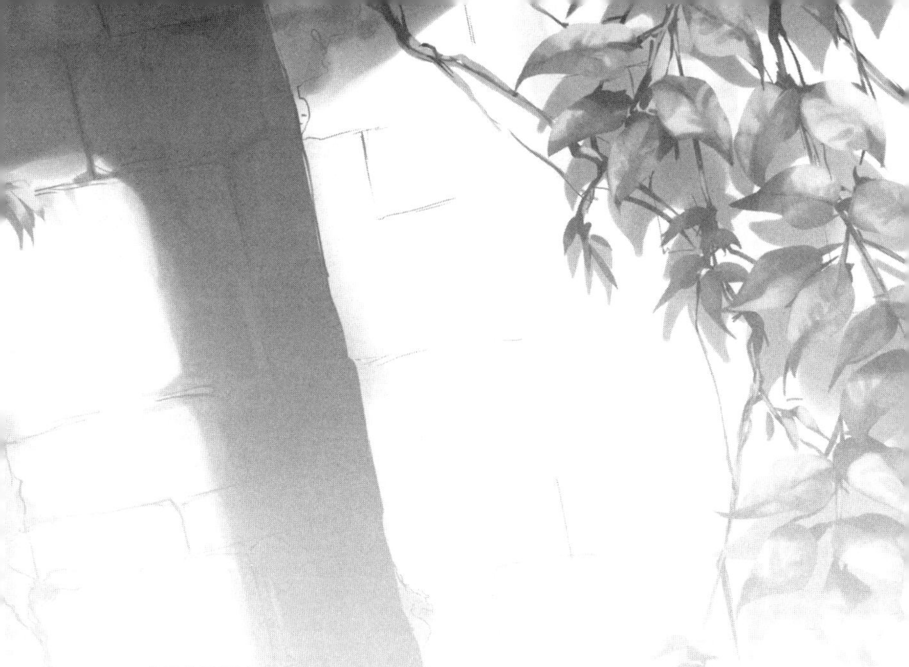

【下集預告】

懶散勇者物語 vol.7

新預言出現，第四枚聖物碎片正在獸族手中？

前往石之崖的勇者一行人遇上精靈族的白色使者，
在他的帶領下，眾人認識了幾名潛伏在「英雄鎮」的獸族，
卻沒想到其中兩人竟是勇者大人認識的熟面孔！？

卷7 第四枚碎片．敬請期待～～

路邊攤　著

最新校園傳說、令人戰慄又懷念的校園鬼故事！

見鬼，就是我們社團的宗旨！還記得學生時代校園裡百般的驚悚鬼故事嗎？故事的開頭總是「聽說」而不是「我看到」。因爲沒有人眞正看到過，所以更有無限的想像空間……

當教室是通往異界的入口、廁所鏡子是勾人心魄的凶器、自然現象中加上了絕對無法想像的「東西」後，你還確定世界是安全的嗎？誰知道這些故事（事實？）何時會消失，何時會再度甦醒？

見鬼社

明日葉　著

淡淡心動滋味，無厘頭搞笑風格，夏日清爽開胃讀物！

炎炎夏日某一天，故事就從女孩向男孩搭訕的第一句話開始——
「你好！我是外星人，可以跟你做朋友嗎？」
這天外飛來的清靈美少女頭腦似乎……有點怪？
女孩無厘頭的個性，讓男孩平靜的校園生活瞬時風雲變色。不過，所有事件的背後都藏了無數巨大的祕密，讓人意外的眞相說明了她的「超能力」，也解釋男孩腦中的異樣感。
那天，在櫻花樹下許下的願望是……

外星少女
要得諾貝爾和平獎

醉琉璃　著

揉合神話與青春校園的奇幻冒險!

宮一刻是個熱愛可愛事物的不良少年，莫名車禍後，他開始能見到人類身上冒出的「黑線」。滿懷不解的他第一次遇上渾身粉紅蕾絲邊的可愛女孩時，就不應該再奢求平靜的校園生活了……

蘿莉小主人、靈感雙胞胎、僞娘戰友、巴掌大壞心眼少女……無敵怪咖成員們，織成驚心動魄兼冏笑連連的每一天。以線布結界、以針做武器，還要和名爲「瘴」的怪物作戰，不得已訂下契約的一刻，將展開一段名爲熱血的打怪繪卷！

織女系列（全八冊，番外一冊）

醉琉璃　著

《織女》二部來襲！不管是神明、人類或妖怪，都大鬧一場吧！

不思議事件狂熱者室友A，是個手持巨大毛筆的「神使」？一臉酷樣的少女殺手室友B，還是個活生生的「半妖」？這些宛如動漫的名詞突然殺出，低調眼鏡男只能輸人不輸陣，變身了！？

不敬者破壞封印，釋放了不該釋放之物！神使公會曝光，舊夥伴、新搭檔陸續登場——「他」無奈表示：爲啥我得聽一個男人說「我願意」呀!!

神使繪卷系列（陸續出版）

香草　著

脫掉裙子、剪去長髮，誰說公主不能大冒險！
心跳100%，詭異夥伴相隨的刺激旅程!!

一連串恐怖陰謀與噩耗的重擊下，西維亞公主一肩扛起天上掉下來的任務：「解救皇室危機」
在淚眼朦朧卻有一副好毒舌的侍女「歡送」下，
聚集超級天然呆魔法師、知性腹黑與爽朗隨性的青梅竹馬騎士長，西維亞正式展開以守護國家爲名的嶄新冒險。

傭兵公主系列（全六冊，番外一冊）

香草　著

史上最沒幹勁的勇者，被迫上路!

夏思思是個絕對奉行「能坐不站、能躺不坐」的17歲少女。卻被自稱「眞神」的神祕美少年帶到了異世界！身爲現役「勇者」，也爲了保住小命，她只好心不甘情不願地踏上保護世界的麻煩旅程。

誰知道旅程還未展開，思思便被史上最「純潔」的魔族纏上？帶著一夥實際身分是聖騎士、偏偏又很難搞的夥伴，決定兵分兩路行動的新手勇者夏思思，前途無法預測！

懶散勇者物語系列（陸續出版）

倚華　著

輕鬆詼諧又腹黑，加上充滿絕妙個性的吐槽，全新創作！
這是一個關於友情、愛與責任的故事……（才怪！）
事實上，這是關於一個又脫線又白痴傢伙的故事。（也不是啦！）
皇家禁衛組織，一個集合了眾多「奇特」成員的團體，夥伴們該如何相親相愛地完成屬於他們的特別任務呢？

東陸記系列（陸續出版）

可蕊　著

異世界的新手，驚險連連的冒險新章！
眞是巧合？還是有人背後搞鬼？工作飛了、正面臨斷糧危機的楚君從意外甦醒後，發現自己和愛貓娜兒掉入了某個彷如電玩遊戲的奇幻國度，靈魂更雙雙進入了擁有「絕世容貌」的新軀體！

楚君和娜兒對新世界沒有任何知識與概念，但屬於「身體」的原始記憶，卻在接近眾傭兵團目標之地後漸漸覺醒。她們的身體原來是誰的？這些記憶是否具有特殊意義？而楚君手中那枚拔不掉的詭異戒指，要如何在一卡車「狩獵眞有趣」的生物環伺下，解救主人？

奇幻旅途系列（陸續出版）

國家圖書館出版品預行編目資料

懶散勇者物語／香草 著.——初版.——台北市：
魔豆文化出版：蓋亞文化發行，2013.08
冊； 公分.
ISBN 978-986-5987-24-4（第6冊；平裝）

857.7 101026390

fresh FS045

懶散勇者物語 vol.6

作者／香草
插畫／天藍　封面設計／克里斯
出版社／魔豆文化有限公司
地址◎ 台北市103赤峰街41巷7號1樓
電話◎（02）25585438　傳眞◎（02）25585439
網址◎ www.gaeabooks.com.tw
部落格◎ gaeabooks.pixnet.net/blog
電子信箱◎ gaea@gaeabooks.com.tw
投稿信箱◎ editor@gaeabooks.com.tw
郵撥帳號◎ 19769541　戶名：蓋亞文化有限公司
發行／蓋亞文化有限公司
法律顧問／十方法律事務所
總經銷／聯合發行股份有限公司
地址◎ 新北市新店區寶橋路二三五巷六弄六號二樓
電話◎（02）29178022　傳眞◎（02）29156275
港澳地區／一代匯集
地址◎ 九龍旺角塘尾道64號龍駒企業大廈10樓B&D室
電話◎（852）2783-8102　傳眞◎（852）2396-0050
初版一刷／2013年08月
定價／新台幣 180 元
Printed in Taiwan

ISBN／978-986-5987-24-4

FS045

懶散勇者物語 *vol.6*

魔豆文化　讀者迴響

感謝您在茫茫書海中選擇了魔豆，您的支持是我們最大的動力。
不要缺席喔，讓我們一起乘著夢想的羽翼，穿越時空遨遊天地！

姓名：　　　　　　　　　性別：□男□女　　出生日期：　年　月　日
聯絡電話：　　　　　　　手機：
學歷：□小學□國中□高中□大學□研究所　　職業：
E-mail：　　　　　　　　　　　　　　　　（請正確填寫）
通訊地址：□□□
本書購自：　　　縣市　　　　書店
何處得知本書消息：□逛書店□親友推薦□DM廣告□網路□雜誌報導
是否購買過魔豆其他書籍：□是，書名：　　　　□否，首次購買
購買本書的動機是：□封面很吸引人□書名取得很讚□喜歡作者□價格便宜 □其他
是否參加過魔豆所舉辦的活動： □有，參加過　　場　　□無，因爲
喜歡出版社製作什麼樣的贈品： □書卡□文具用品□衣服□作者簽名□海報□無所謂□其他：
您對本書的意見： ◎內容／□滿意□尙可□待改進　　◎編輯／□滿意□尙可□待改進 ◎封面設計／□滿意□尙可□待改進　◎定價／□滿意□尙可□待改進
推薦好友，讓他們一起分享出版訊息，享有購書優惠 1.姓名：　　　　e-mail： 2.姓名：　　　　e-mail：
其他建議：

◎請沿虛線剪開、對摺、裝訂後寄出

◎請沿虛線剪開、對摺、裝訂後寄出

廣告回信 郵資免付
台北郵局登記證
台北廣字第675號

魔豆文化有限公司　收

103 台北市赤峰街41巷7號1樓

魔豆